古書堂事件手帖 2

～栞子與她的謎樣日常～

三上 延

序章　坂口三千代《Cracra日記》（文藝春秋）・I……5
第一話　安東尼・伯吉斯《發條橘子》（早川文庫NV）……17
第二話　福田定一《給上班族的名言隨筆》（六月社）……81
第三話　足塚不二雄《UTOPIA 最後的世界大戰》（鶴書房）……159
終章　坂口三千代《Cracra日記》（文藝春秋）・II……210

古書堂事件手帖 2

～栞子與她的謎樣日常～

三上 延

序章

坂口三千代《Cracra日記》（文藝春秋）‧I

嘎啦嘎啦地打開拉門，原本在屋簷底下的麻雀成群飛起。

一直線地貫穿道路，往車站月台逃去。應該是有人餵養才會有這麼多麻雀吧？這附近幾間舊房子都有著照顧得無微不至的庭院，因此若有人喜愛那些飛進自家院子的野鳥，也不足為奇。

今天早上也是好天氣。海邊吹來的風有些溫熱，還帶著些酷暑的滾燙熱氣。不過，進入十月以來，在連綿不絕的房舍屋頂盡頭處，群山已不再翠綠。

秋天似乎終於造訪北鎌倉了。再過一陣子，絡繹不絕的觀光客將會衝著圓覺寺與建長寺的紅葉而來。

我把鐵製旋轉招牌拿到店門外。招牌上反白的毛筆字雖然充滿古意，不過這是全新的招牌，原本的招牌因為前陣子一點小騷動而無法再使用，於是我們委託北鎌倉一家歷史悠久的打鐵店訂製一個一模一樣的招牌。成品很棒，但缺點是很重。

我費了一番功夫才將招牌放到屋簷下，轉了半圈，把「舊書收購、誠實鑑價」那面轉到背面，露出店名。

「文現里亞古書堂」

是的，這是家舊書店，在北鎌倉經營了幾十年，歷史悠久。我從夏天開始在這裡工作——這樣說似乎省略了太多細節。總之，我曾一度辭職，直到上個星期才剛復職。事實上在那麼短的時間內忙著工作又忙著辭職，這當中有著許多緣由，只是很難以一句話解釋清楚。如果一一交待經過，恐怕可以寫成一本書了。再說，我現在必須準備開店才行。

把百圓均一的置物車推到屋簷下，我拿起掃帚清掃積在店內通道上的灰塵。除了書櫃之外，通道上也有堆積如山的書，書堆裡散發著陳舊紙張特有的潮濕氣味。

這家店經手的書以文學、歷史、宗教等人文科學類專書為主，幾乎沒有最近出版的新書。這些書來到這家店之前，全都曾經待在某戶人家家裡的書架。這裡的每一本書都有一段過去。有些書曾經被主人小心翼翼地閱讀、珍愛，也有些書被收起來後就遭到遺忘。

輾轉於人們手中的舊書除了書中內容之外，書本身也有故事。這間店的書總有一天也會傳到某個人手中，編織出新的故事。

唉，前提是要先賣出去才行。

「……先生。」

聽見細小的女生聲音，我停下手邊工作轉過頭。櫃台後側的牆壁上有一扇門通往店長家的主屋，聲音是由門後傳來的。店長人目前正在家中，剛才她把零錢放進收銀機後，說了句「我去拿個東西」就躲進屋裡去了。

「……五浦先生。」

她在叫我。我進入櫃台打開那扇門，門後有個狹窄的脫鞋處，昏暗的走廊延伸到屋內。沒看見聲音的主人。

「……好意思，那個……」

模糊的聲音從天花板上傳來。看樣子她人似乎在二樓。我猶豫了一下才脫掉鞋子踏上走廊。主屋的建築和書店一樣老舊。每走一步，走廊上翹起的木板就會嘎吱作響。平常只有上廁所時才有機會進來這裡。就算我是工作人員，也沒道理隨便踏入老闆的住家。況且住在這裡的只有年輕女性。

「怎麼回事？」

我從樓梯底下開口問道。樓梯在半路拐了個彎，因此我看不見二樓的情況。住在上面的人行動不方便，為了便於上下樓，因此樓梯上加裝了新的扶手。

「……請……一下。」

含糊不清的聲音回應。她究竟是說「請來一下」或是「請等一下」？兩者都有可能。

「我可以上去嗎？」

「……好。」

到底是怎麼回事？往樓上走去的我逐漸緊張了起來。聽說二樓是店長自己的房間。我告訴自己不要東張西望，但——

「……唔哇。」

來到陰暗的二樓，我瞠目結舌。只見短短的走廊上林立著舊書堆，書都堆到了及腰的高度，不知情的人看了恐怕會誤以為這裡是倉庫。走廊中央有條通道一直延伸到盡頭的紙拉門，可勉強容納兩條腿通行。

老實說，我對這幅情景並不意外。文現里亞古書堂老闆這種等級的「書蟲」曾說過，能夠看書就是一種幸福。就連前陣子住院時，也帶著一大堆書進病房，甚至還再三被護士警告。

我站在盡頭的紙拉門前正打算出聲時，眼角突然注意到一個奇特的東西。左手邊的牆前也擺著成堆的舊書。

那裡有隻闔起雙翼的白色小鳥。

那不是真的鳥，一幅畫了圖的畫布夾在書堆與牆壁中間，只露出畫布一角。

（這種地方為什麼有一幅畫呢？）

我不解地偏著頭。那幅畫似乎年代久遠，釘著圖釘的框上積了薄薄的灰塵。不是掛在牆上也不是收起來，而是隨意擺在書堆後面，感覺很奇妙。

圖畫的內容也令我好奇。小鳥的背景是恣意堆放的書堆，彷彿是走廊場景的一部分。我不曾聽過有人把大量書籍當作繪畫主題。其他部分畫了些什麼呢？

此時紙拉門突然打開，我回過神來。

「啊……」

叫出聲的人不是我，而是擁有一頭黑色長髮的嬌小女生。她身上穿著藍底碎花洋裝和開襟羊毛外套，打扮樸素，不過皮膚白皙，長相端麗，年紀大約二十五歲。掛在細窄鼻樑上的眼鏡差點撞上我的胸口。

「抱……抱歉……」

沒有化妝的臉頰一片通紅，她笨拙地後退一步，上半身有些不穩，又連忙拄著附手環的拐杖保持平衡。

她是篠川栞子，也是文現里亞古書堂的店長。

「不要緊吧？」

「……嗯，是的……」

她難為情地轉開視線，看向背後——不對，是確認榻榻米上成堆的《現代大眾文學全集》有沒有塌下來。

拉門後是打通隔間的兩間相連和室。她似乎睡在二樓這裡，朝南的窗邊擺著床和衣櫃。

除此之外的地方，觸目所及全是書。附有玻璃門的木頭書架上整齊陳列著各種百科全書，不鏽鋼架子上密密麻麻塞著色彩繽紛的文庫本。

架子上方直達天花板的位置堆著開本較大的攝影集與美術書；榻榻米上還有數十座由思想哲學、歷史專書、舊文學全集、舊漫畫雜誌等堆成的書塔。與走廊上一樣，房內幾乎沒有雙腳可以踩的地方。

擺在走廊上的大量書籍大概是由這個房間蔓延出去的吧。如果置之不理，這場書本洪水恐怕會沿著樓梯蔓延到一樓。

「整……整理不完……看起來很可怕……對吧……」

「嗯？沒那回事。」

我不是想安撫她。一方面是因為我很清楚她的藏書量一定很驚人，再者是這樣的房間反而讓人心情平靜。

我並不討厭書。只是雖然有興趣，也無法閱讀，只要翻閱十頁左右，我的背後就會冒出冷汗、手指就會開始打顫。或許是心理因素，簡而言之就是「體質如此」。

即使不能閱讀，但我仍喜歡書──以及與書有關的故事。

「所以，怎麼了嗎？」

「……呃，可以幫我把這幾捆書搬到樓下去嗎？這些是我的書，已經不看了，所以……打算擺在均一價的置物車上賣掉。」

她指著旁邊的榻榻米，那裡有兩捆以塑膠繩一字固定紮起的精裝書，每捆大約二十本。由朝上的書背看來似乎都是小說或隨筆。全是舊書，不過書況不差。

「……這些都要賣一百圓嗎？」

「不……請標上三百圓和五百圓的標籤。最上面這堆書是每本五百圓，底下的每本三百圓。你可以稍微確認一下書況。」

「知道……」

篠川小姐說話變得流暢多了。只要一提到書，她瞬間就會生氣蓬勃。

「……請拿掉現在擺在置物車上的百圓均一牌子。」

我正要點頭時愣住了。她話一說完，左手就拿起一捆書擺在我腳邊的榻榻米上，她身上那件洋裝的胸口處又深又寬鬆，所以一彎下腰，該怎麼說，就看到裡面了。現在不是開心的時候，我不曉得眼睛該看向哪邊。

又不能告訴她「妳曝光了」。我跪在書堆前避開目光。

「……妳說底下這捆五百圓？」

為了掩飾害臊，我開口發問，只見她白皙的食指伸到我眼前。

「反了……上面這捆五百圓。」

她從我的正前方彎下腰靠向我的頭頂，我感覺髮旋旁邊就是她雄偉的胸部。她的黑髮髮尾碰到我的耳朵，沒出息的我因此動彈不得。

「對不起……我的說明很難懂嗎？」

從上方傳來甜美的低語聲。這個……應該也不是故意的。愈來愈過分了。

「沒……沒關係。」

我緊盯綁著塑膠繩的書背，試圖壓抑心跳。

《Cracra日記》

我突然注意到這個書名。作者是坂口三千代。灰色書盒上印刷著有些潦草的字體。不曉得為什麼會有五本一樣的書擺在一起。Cracra日記、Cracra日記、Cracra、Cracra——好像內心想法被看穿似的（註1），我逐漸煩躁起來。

「……《Cracra日記》的內容在說什麼？」

我開口問。在短暫沉默後。

「……是坂口安吾過世後，妻子所寫的隨筆。」

怪不得作者姓坂口。我聽過坂口安吾，印象中是很久以前的作家。既然我都認識，想必應該很有名。可惜我沒讀過他的作品。

「書中寫的是坂口安吾的妻子與坂口安吾相遇，直到坂口安吾過世為止所發生的點點滴滴……也算是夫妻生活的縮影，我覺得是很好的隨筆作品。」

或許是聲音太小的關係，我感覺不到她的情緒。

「Cracra是什麼意思？」

「安吾過世後，作者在銀座開了一家酒吧，店名就叫作『Cracra』。書裡的後記也有提到，名字是小說家獅子文六幫忙取的。聽說是一家文人熟客經常光顧的酒吧。」

所有問題她都能夠回答。這個人對於書本的知識相當淵博。

「所以是喝醉酒的意思嗎？」

「不是……據說是法文『麻雀』的意思。」

「麻雀？」

答案出人意料之外。

註1：cracra，日文中與「心跳加速、情緒沸騰」發音類似。

「是的。這個字也用來形容隨處可見的平凡女子。」

聽到麻雀，我想到的是剛才在走廊上瞥見的那幅畫一角。雖然說那隻鳥是白色的，應該不是麻雀。

我的腦門上感覺到一陣輕嘆。難得見篠川小姐出現這種態度。平常聊到書的時候，她的情緒大致上都是異常興奮才是。

「篠川小姐，妳怎麼了？」

我抬眼看向她，正好望見洋裝腰部的皺褶。

「咦？不，沒事……」

她挺直身體遠離我。我看不見她的表情。

「只是這本書……」

「書？」

「雖然寫得很好，但我始終無法喜歡。」

不合口味嗎？嗯，既然打算低價賣掉，應該就是這樣吧。畢竟每位愛書人都有好惡。我雙手提起兩捆書站起身。

「那麼，我把這些拿到店外面。」

「……麻煩你了。」

我走出房間，小心翼翼地通過走廊，避免撞到東西。五本《Cracra日記》配合我的行動輕輕搖晃著。

突然間一個小疑問閃過我的腦海。

（為什麼有這麼多本？）

既然這是她的私人藏書，表示這是她買的吧？讀完後不喜歡的書，為什麼要買這麼多本？我停下腳步回頭看向那扇沒關的紙拉門。

（……也沒什麼大不了的。）

聳聳肩，我走下樓。反正不是很重要。

某處隱約傳來鳥鳴聲。也許是麻雀的叫聲吧。後來，我就把這本書的事忘得一乾二淨了。

第一話

安東尼・伯吉斯

《發條橘子》（早川文庫ＮＶ）

第一話
安東尼·伯吉斯《發條橘子》（早川文庫ＮＶ）

1

我對書一點概念也沒有。

慢慢了解到這一點之後，我並不感到自豪，畢竟這是事實，而我也無能為力。

事情始於午後收到的一張傳真。我和店長篠川小姐交班吃午餐，所以店內只有我一個人，趁著正好沒有客人，我替均一價置物車上的書本標價。這時，櫃台角落的傳真機吐出一張感熱紙。

「找尋桃源社出版的國枝史郎《完本蔦葛木曾棧》。等一下打電話過去。」

內容似乎在詢問我們是否有庫存。來自客人的這類傳真或電話並不少見。利用網路上的舊書搜尋網站找尋或許更有效率，不過現在仍有很多年長的顧客沒有能夠上網的手機或電腦。

看完內容後，我再度湊近感熱紙。一方面是因為紙上有氣無力的字跡不易閱讀，另外就是……我知道「桃源社」是出版社名稱，「國枝史郎」是作者名稱，問題是接下來。

（完本……蔦……葛……？）

書名幾乎不會念，連應該從哪裡斷句都不知道。我回頭看向通往主屋的那扇門。問問篠川小姐一定能夠得到答案。

正當我準備伸手握向門把，電話突然響了。我握著感熱紙，以空下來的那隻手拿起話筒。

「文現里亞古書堂您好……」

「我剛才發了一張傳真過去。」

男人以沙啞的聲音打斷我的話。溫和的口氣中似乎帶著關西腔。對方說的「剛才」也不過是不到一分鐘之前的事。

「你們那邊有嗎？國枝史郎的書。」

對方連珠砲地發問。或許是急著要吧。國枝史郎的書——如果能夠說出書名就更好了，可惜對方只是等待我的回答。

「……正在尋找中，請您稍等一下。」

我正要按下保留鍵的手指停在半空中。就算想去找，如果不曉得這本書的分類，我也不曉得該從何找起。

「請問……這本書是小說嗎？」

「廢話……你沒聽過這本書嗎？」

我嚥了嚥口水。不可以說謊。

「是的，非常抱歉。」

哼。我知道對方冷哼了一聲。不曉得是難以置信或是啞然失笑。

「店裡只有你一個人？」

「……是的。」

「啊，這樣……你真是個大外行吶。」

電話突然掛斷，留下我一個人。我的背後不曉得什麼時候已經冒出冷汗。

（連我們的道歉都不願聽的客人，表示已經憤怒到最高點了。你可要銘記在心啊。）

我的耳朵深處突然響起去年過世的外婆聲音。這位在大船經營食堂數十年的人曾經如此教訓我，而這番話正好符合眼前的狀況。

意思也就是我被顧客罵了。店員反問客人書的問題，這種舊書店有誰會上門？

「……怎麼了？」

一位長髮女性站在我旁邊，隔著眼鏡抬眼仰望我的臉。她是店長篠川小姐。不曉得什麼時候已經從主屋回到店裡了。

「有人打電話來嗎？」

「對方問我們有沒有庫存，打電話來之前傳了一張傳真過來，不過……」

我語氣凝重地說完，把剛才的傳真遞向她。她的表情突然明亮了起來。

「啊，《蔦葛木曾棧》嗎？店裡有桃源社出版的版本。」

「蔦……蔦葛……？」

「木曾棧。很有趣的書喔。是國枝史郎在大正時期（註1）發表的傳奇小說名作，描寫室町末期，一對漂亮兄妹的雙親遭木曾領主殺害後決心復仇的故事。我小時候讀過，總之主角們就是……」

「等……等一下。」

差點聽入迷的我回過神來。我的確很想繼續聽下去，但必須得先報告自己的疏失。

「事實上訂單取消了。都怪我的應對有問題。」

我盡可能簡短說明，沒有找藉口。她點點頭聽我說完，彎腰靠著右手的拐杖，盯著我手中的傳真紙。

「這位客人……電話號碼設定為不顯示呀……」

語氣有些遺憾。也就是說我們也沒辦法打電話過去道歉。可惜店裡有這本書。

「……抱歉。」

註1：為西元一九一二年～一九二六年，後文提及的室町時期為一三三六年～一五七三年。

我低下頭。大概是我的沮喪明顯表現在臉上吧，她的雙手交握在胸前，像是在替我打氣。

「沒……沒關係……你才剛開始工作嘛……一點一點記住就好了，就算現在完全沒有用也沒關係！」

「……」

現在的我果然完全沒用啊……聽到她說得這麼明白，我反而更加沮喪了。

我這個完全沒用的門外漢五浦大輔，開始在這家店工作的契機，是委託住院中的篠川小姐幫忙鑑定外婆留給我的《漱石全集》。她當時因為腳傷住院療養。

這位擁有豐富知識的店長還有另一項特殊技能，只要和書有關，光憑一點點線索或從他人那裡聽到的內容，她都能夠立刻解開謎團。外婆隱藏在我擁有的《漱石全集》中的祕密，也因為她無與倫比的罕見觀察力而破解。

主動提議「要不要到我店裡工作」的人是篠川小姐。我是個除了體力之外，一無可取的待業人士，明明無法閱讀，卻很喜歡書，也沒有任何理由拒絕一位愛聊書的美女請求。

因此成為文現里亞古書堂店員的我，得以有機會親眼見識篠川小姐解決舊書相關謎團的巧妙功力——但是，自從她的私人藏書太宰治《晚年》引發那起事件後，我曾一度辭去店裡的工作。

篠川小姐從狂熱的舊書狂手中保護了自己的生命與藏書，但是這種做法可能也會犧牲與他人的互信關係，因此我之前無法接受這樣的她。

不久，出院的她出現在重新開始找工作的我面前，希望能和好——更重要的是她把《晚年》的初版書送給了我。我沒有收下書，取而代之的是請她詳細告訴我這本書的故事。

這宣示著我們之間的和解。一直說到太陽下山時，她的表情突然一變，挺直背部，結結巴巴地說：

「我……我……五浦先生……那個……」

終於要開口了嗎？我做好準備。

「希望……你繼續……在……在我們店……」

希望你繼續在我們店裡工作。她似乎想這麼說。我的魂魄被她面紅耳赤的可愛側臉攝去了。

「所……所以……呃……」

聽著她說話，我很想乾脆主動開口請她讓我在店裡工作，不過基於某些原因，我不能用這麼簡單的方式處理，因此我也在努力克制自己。我這天去面試的那家公司感覺很有希望錄取，所以她也很難開口要求穿著西裝的我別去找工作吧。

結果——

「那個……過幾天，我再跟你聯絡，可以嗎……？」

「咦？好……好的。」

對話就到此結束。目送她搭上計程車回北鎌倉後，我開始悶頭苦惱著究竟要成熟一點找份正職工作，或是繼續替那位漂亮又古怪的舊書店店長打工？

根本無須認真思考，直接說結論吧。幾天後，我收到面試的食品公司寄來不錄取通知。上面洋洋灑灑寫著因為近期小麥價格飆漲，業績不如預期，必須減少預定錄用的人數云云，最後以固定的客套話「期望五浦先生今後能夠更加活躍」作結。

上網查了查那家公司，發現不少人都有同樣經驗，同樣覺得面試官異常親切，應該有機會錄取，而我也是其中之一。我正因此而垂頭喪氣時，篠川小姐打電話來，似乎是為了遵守「我再跟你聯絡」的約定，即使沒有什麼要事。

我老實告訴她面試的經過，並問她是否可以再回到店裡，她有些口吃地開心應允說：

「當……當然可以！還……還要多多麻煩你了。」

於是，我找到了自己的容身之處。

2

「……接著是右邊書櫃第二層。請用那邊的書補齊。」

書店後方傳來篠川小姐細小的聲音。

「啊，好。」

我抱起櫃台上堆積如山的書，走向門口附近她指定的書櫃。那裡原本是日本史專區，不過書櫃上還有些空隙，準備用這些黑色書背的專書填滿。

回到這家書店後，我一直擔任補充與更換店內書籍的工作。據說舊書店原本就應該定期更換商品。舊書店以常客居多，如果每次來店裡東西都一樣，客人會漸漸不再上門。

即使擺在一起的都是舊書，也不能老是把同樣的書擺在一起，這樣做據說是禁忌。仔細想想，也能夠了解箇中原因。

自從篠川小姐回到店裡，帶書前來的客人增加了。目前只提供自行帶書到店裡鑑價的服務，過陣子將會再次提供前往顧客家中估價的「到府收購」服務。

有時她會一邊對我下指示，一邊對著電腦處理網購業務。現在她正在把收購的商品更新到舊書檢索網站上。

店裡的氣氛與我一個人顧店時明顯不同。她真不愧是這家店的老闆。

雖說我確實多少有些介意。

「篠川小姐，這本書該放在哪個書櫃上？」

我朝書店後側舉起名和弓雄的《十手‧捕縛事典》。

待在櫃台裡的店長被堆高的書牆擋住了身影。她由書背陰影裡探出半張臉，說：

「……請擺在那個書櫃的第三層，《江戸町方制度》的旁邊。」

說完，又躲進書堆後面動也不動。收購圖書時，她當然會好好出來接待客人。一開始是戰戰兢兢地小聲要求客人拿出身分證，不過只要一談到書，她的滔滔不絕開關就會突然被打開。客人多少都會被她的轉變嚇到。

客人完成該做的事情離開店裡後，她筋疲力盡地再度回到書堆後面。她雖然沒有說過，不過八成真的不擅長與客人打交道。並非能力不足，只是不符合她的個性。愈築愈高的書牆就宛如是她疲勞的投射。

因此，像是打收銀機等不需要知識的待客工作盡量由我負責，這也是我這個菜鳥目前唯一能做的工作。

「……就快要打烊了呢。」

櫃台後面傳來篠川小姐的聲音。看看玻璃門外，柔和的夕陽照射在柏油路面上，不知不覺已經是黃昏時分了。

「我這邊忙完了，可以鎖上收銀機了嗎？」

「麻煩你了。」

手上空下來的我正要回到櫃台，視線突然停留在書櫃一角。那邊是經典傳奇小說與偵探小說專區，國枝史郎的《完本蔦葛木曾棧》就擺在江戶川亂步全集旁邊。

我不自覺取下那本書，把它從書盒裡拿出來，翻開開頭的書頁。此時背後一陣輕顫，是我無法讀書的「體質」作祟，並非內容的問題。我連忙瀏覽內文。

故事舞台大約是戰國時代，兩個男人以當時的用字遣辭互相對話，聊著一名美麗得不像人類的妓女的各種流言——

「若那名女子是由妖怪化身而成……」

「妖怪化身而成？什麼意思？」

「你沒聽說嗎？那隻美麗的小鷺驪身上似乎有光聽就讓人顫慄的詛咒呢。」

「哦，我初次聽聞此事。」

「據說只要一入夜，那隻小鷺驪就會立刻由現世前往黃泉。換言之，就是死了。然後，死了一陣子又馬上復活過來……」

小鷺驪好像是那個妓女的名字。死而復生是怎麼回事？我很想繼續看下去，不過現在是工作時間，只好把書塞回書盒裡。

剛才篠川小姐說她小時候讀過這本書。怎麼想都覺得這本書的內容是寫給大人看的，而且書中有很多艱澀的字，當時的她看得懂嗎？

「妳從小就看很難的書嗎？」

戴著眼鏡的篠川小姐從書堆陰影裡露出臉來。我把《完本蔦葛木曾棧》的書封拿給她看，她的唇邊露出羞澀的笑容，再度躲起來。

「……因為我很早就開始學漢字了。」

我只聽見她的聲音。

「我也喜歡漫畫與兒童文學，不過對於大人閱讀的書也有興趣……每個月只要拿到零用錢，就會騎腳踏車跑一趟島野書店，逐一看過所有書櫃……《蔦葛木曾棧》就是當時買下的，正好是重新出版的文庫本。」

島野書店是歷史悠久的新書書店兼文具店，總店就位於鎌倉車站附近的若宮大路上。只要是住在這附近的人，一定都曾經光顧過一次。

「島野書店是指往大船方向的那一家嗎？」

那間書店在大船車站前的商店街也有分店，我小時候也常去。也許我們曾經擦肩而過。

「不是……大船分店與鎌倉總店兩家都會去……因為店內進的書籍會有所不同。」

「咦？」

北鎌倉這裡正好位於大船車站與鎌倉車站中間。即使是一個大人，要騎著腳踏車同時往返兩個車站也很辛苦。途中還有一條鑿山而過的長坡道。我很難想像一個國小女生騎著腳踏車往來於各個書店的模樣。

（她是什麼樣的孩子呢？）

仔細想想，我對她的了解還真是不多。她在這片土地上出生長大，從去年過世的父親手中繼承這家舊書店，總之是個很愛書的人——我知道的只有這些。這兩個月，我們很少聊到書以外的事情。

「篠川小姐，妳是什麼樣的……」

我正打算發問，玻璃門突然發出巨大聲響打開。

短髮的高個子女高中生進入店內。目光炯炯，輪廓凜然，短袖白色襯衫搭配灰色裙子，那是位在山腰上某縣立高中的制服。順帶一提，那裡也是我的母校。

「嗨。」

「……你好。」

小菅奈緒輕輕點完頭，一臉警戒地環顧店內。她的言行舉止都很男孩子氣。

「店長現在不在吧？」

「咦？不……」

「不用，不用叫她。」

大概是沒看到躲在後頭的篠川小姐，所以小菅以為她人在主屋裡。我斜眼看看櫃台後側。最近我注意到，只要篠川小姐人在店裡，這位高中女生就不會待太久。

前不久，她曾引起一樁竊盜案。雖然她最後已經向被害人道歉，而對方也爽快接受，整起事件告一段落，不過導引著事件解決的人是篠川小姐。

因此，或許小菅是忘不了真相被說中時的驚恐吧，她曾說過「總覺得店長不好相處」，好像自己在想什麼都會被看穿。而篠川小姐或許也察覺到對方想避開自己，所以很體貼地不露面。

「事實上，我來這裡是有點事情想找你商量。」

她把臉湊近我，悄聲說。

「找我商量？」

「嗯。方便嗎？」

我也有想過為什麼會找上我，不過姑且就把這當作是常客的委託。

「……好。」

「你讀過《發條橘子》嗎？」

「沒有。」

書名聽過，不過我對內容一無所知。我一直以為那是一部老電影的片名，原來有出書啊。

聽到我的回答，她似乎很失望。

「這樣啊……我還以為舊書店的人應該讀過呢。」

這麼說來，這位少女不曉得我有無法讀書的「體質」。她也許以為多少能夠和我聊聊書，才到店裡來的吧。如果要聊書的話，最適合的人選就在旁邊。

「真抱歉。」

「……沒關係。那麼，能夠告訴我你的想法嗎？」

「想法？」

「你先看看這個。」

她從肩上掛著的學校書包裡拿出一疊紙交給我。打開一看，原來是稿紙。

第一行以漂亮的小字寫著「安東尼．伯吉斯《發條橘子》讀後感」。看來是讀書心得報告。

下一行則是「一年一班　小菅結衣」。

「我妹妹寫的。她現在是國中一年級，不過人很聰明。」

「妳有妹妹啊？」

之前沒聽說過。我原本一直以為她是獨生女。

「還有一個哥哥喔，年紀比你大一點。我們家是三兄妹。」

一談到兄妹，她的表情就亮了起來。他們的感情一定很好。

「這篇讀書心得是我妹的暑假作業，不過我家現在為了這篇心得有些爭執……」

3

安東尼・伯吉斯《發條橘子》讀後感

一年一班　小菅結衣

讀完這本書，我立刻聽起貝多芬第九號交響曲。因為它在這本書中出現了好幾次。儘管交響曲比我想像中的還長，不過最後合唱的部分十分美好，讓我滿心喜悅。

我在不了解內容的情況下，從網路書店買下這本書。原本以為會出現機械或水果，沒想到兩者都沒出現，我有些訝異。

我相信有些人能夠讀完這本書，也相信有些人討厭這本書。主角亞歷克斯說著奇怪的獨創詞彙、做盡壞事、毆打路上遇見的陌生人、闖進鄰家偷錢、強暴婦女，對自己的所作所為毫不反省，與夥伴們只聊音樂。

後來他被警方逮捕入獄，儘管如此仍不改惡行，最後遭到洗腦，施以古典制約療法，注射藥物並讓他持續觀賞人類死亡或遭施暴的影片，讓他變成絕對無法做壞事的人。

即使亞歷克斯後來變成了好人，仍無法過得幸福。這次變成曾經遭他暴力對待的人反過來對他施暴，而且他無法保護自己。

「我就像一顆上了發條的橘子，不是嗎？」亞歷克斯喊道。因為他只能做出和時鐘一樣規定好的舉動。

監獄的神父對亞歷克斯說：「變善良，或許真的令人毛骨悚然又厭惡。」作者的意思似乎是，即使在他人強迫下變成好人，我們也不是真的變成好人。相較之下，繼續做壞事的人或許才比較有人味。

有時我們會對不能做的事情感興趣。每個人心中都有惡魔。

最後亞歷克斯在醫院動腦部手術，再度變回壞人。因為有個政府高官想要利用亞歷克斯獲取名聲。

這本小說裡出現的人物沒有半個真正的好人。亞歷克斯能夠信任的只有音樂。

他在病房中聽著最愛的貝多芬第九號交響曲，一邊想像地球在慘叫。我也聽著那首交響曲同時豎耳傾聽，期待自己或許也能夠聽見地球的慘叫。

「……如何？」

我從稿紙中抬起頭，小菅奈緒上半身探向前觀察我的反應。

「這似乎是個沒有救贖的故事。」

沒有半個好人——我對這句話感到好奇，也覺得這樣的故事很有趣。主角雖然是個無可救藥的傢伙，不過書裡出現的「政府高官」、「神父」等人似乎也令人質疑。

「不是，我是問你對這篇心得報告有什麼想法。」

「有什麼想法……這個嘛，以國中一年級來說，文筆相當不錯。」

最關鍵的那本書我沒讀過，所以只能發表這類感想。我甚至連這篇報告是否有抓住重點都不清楚。

「是啊，我妹很厲害吧！」

聽到我隨口說說的感想，小菅奈緒的眼睛閃閃發光。

「她從小就喜歡書，也很擅長寫讀書心得，從小學時開始，每年都會得獎。」

「什麼獎？」

「校內的讀書心得比賽。我和哥哥在這方面就完全不行。在我看來，我也覺得她的心得遠遠優於其他同學！」

雖說這篇心得確實寫得不錯，不過是從姊姊的角度來看，才覺得遠比其他同學寫得好吧。

「然後呢？怎麼了嗎？」

這篇心得看起來有條有理，沒有偷工減料的樣子，應該是確實讀完了書中內容。

「這本書車站前的書店缺貨，所以結衣拜託我幫她在網路上訂購……喏，就是那裡。」

她說出網路上的新書書店名稱。我沒有使用過，不過聽說只要店裡有庫存，當天訂購，當天就能夠出貨。

「當時我有點好奇她怎麼找那麼有爭議的書寫報告。書寄來後，我稍微看了看，書中果然有不少暴力內容，不曉得該說太刺激還是太驚人……光是開頭的地方，我就讀不下去了。」

說完，小菅奈緒蹙眉。

「可是，結衣一字不漏地讀完了，還寫出這篇心得交給學校。問題是結衣的學校很保守，你也知道吧？」

「我哪會知道？」

「聖櫻啊，她讀的是聖櫻女學園，今年剛入學。」

「……喔。」

聽到校名我就懂了。那是一所國高中一貫制的天主教女校，以校規嚴格著稱。離學校最近的車站是大船車站，因此我經常遇到該校的學生與修女教職員。

「前陣子家長座談會時，結衣的班導把這篇心得拿給我爸媽看，還說：『這篇心得寫得很好，不過她正處於不穩定的年紀，希望兩位多加留心。』嗯，就是一句叮嚀而已，我爸媽卻因此大受打擊，開始擔心結衣是不是也學壞了。她明明和我不同，既乖巧又懂事……」

我再度看向稿紙，發現文中的確有許多認同主角的言論，例如：「做壞事的人或許才比較有人味」、「我們會對不能做的事情感興趣」等。我反而覺得這只是十分坦率且孩子氣的感想，不過身為父母可能會因此感到不安。

（……嗯？）

我側著頭──結衣「也」學壞了？

「難道，妳把《拾穗》的事情告訴父母了？」

「咦？是啊。」

她一副理所當然的表情點點頭。

「我沒有告訴結衣和哥哥，不過基本上跟爸媽說了。」

《拾穗》是她偷的那本書的書名。因為被害人的要求，這件事情才沒有鬧大，所以我還以為她肯定也不會告訴父母。沒想到她這麼……與其說是守規矩，應該是個性認真吧。

「我爸媽說，以後我和結衣買書時，必須先讓他們看過內容。這不就表示他們不信任自己的孩子嗎？管教我可以理解，但是結衣什麼也沒做啊。我希望他們別再干涉結衣，所以來找你商量該如何說服他們。」

聽完大致上的情況，簡單來說就是小菅奈緒覺得錯在自己，她認為父母親的過度反應是自己偷書所致。

我瞥了櫃台後側一眼。書堆那頭沒有半點聲響。篠川小姐八成正專心聆聽我們的對話吧。

「這篇心得可以借我嗎？」

「可以是可以，不過，為什麼？」

「我想讓篠川小姐看看。」

小菅奈緒的表情有些不悅，顯然不希望和篠川小姐有牽扯。

「她熟悉許多書的知識，也了解愛書人的心情。如果妳想找人商量的話，她是比我更好的選擇。」

我的腦海中浮現篠川小姐剛才那番話。小時候每個月騎著腳踏車往來各個書店，開心購買大正時代完成的傳奇小說——小菅結衣長大後大概也會像她一樣吧。如果希望有人提供建議的話，篠川小姐會是最恰當的人選，而且她一定不會吝於幫忙。

「我去問問她，晚一點再和妳聯絡……這樣可以嗎？」

考慮了一會兒，小菅奈緒點點頭。

「……我明白了，就交給你吧。」

由於已經到了打烊時間，我在櫃台後方開始把零錢放進硬幣整理盒中。

微涼的秋風由半開的玻璃門吹進來。小菅奈緒剛才忘記關門了。

背後傳來翻紙的聲音。篠川小姐正在閱讀那份《發條橘子》的心得報告。準備關店時，她才由書堆後方現身。

「妳有什麼想法？」

她沒有回答。我停下手邊工作轉過頭，只見她坐在折疊椅上偏頭靠著書堆，一臉十分困惑的樣子。

「嗯，這個嘛……這個……該怎麼說呢……」

她翻翻稿紙，皺起眉頭，再度從頭看了一遍。那張憂鬱的臉蛋同樣充滿魅力，教我不禁看得入迷。最後，她的視線仍舊看著下方，開口說：

「……關於這篇心得……」

「啊啊，小菅那傢伙果然拿到這裡來了。」

店裡響起粗啞的聲音。不曉得什麼時候，一個平頭的瘦小男子把手支在櫃台上撐著臉，年紀大約五十多歲，身穿華麗的印花Ｔ恤，套著皺巴巴的紅色夾克，肩膀上掛著一個防水布袋，袋子裡塞滿了舊文庫本。

「啊啊，你好，志田大叔。」

「好什麼好，你這個糊塗蟲！算錢的時候怎麼可以分神看旁邊呢？如果我是小偷怎麼辦？」

他以宏亮的聲音罵了我一頓。志田是店裡的常客，是靠著轉售舊書獲利的背取屋——也是住在鵠沼橋下的流浪漢。

「別……別來無恙……」

篠川小姐笨拙地想要起身，卻被志田大動作揮手制止。

「不用起來，妳坐下……不過話說回來，這位大姊，妳的聲音還是一樣小聲耶，說話能不能稍微大聲一點啊？」

「啊……對不起……」

她難為情地縮著身體。真希望志田別給她太大壓力，免得她又打算躲進書堆裡了。

「今天來有什麼事嗎？」

「沒什麼特別的，只是聽說這裡重新開張了，所以過來打聲招呼……吶，那是小菅她妹妹寫的心得，對吧？」

志田用下巴指了指篠川小姐手上的稿紙。

「你怎麼知道？」

我問。

「我說你啊，當然是因為她也把那份稿子拿給我看過了嘛。她說：『不曉得該怎麼說服爸媽，所以來找老師您商量。』」

令人意外地，他模仿小菅說話學得真像。志田就是小菅奈緒偷走那本《拾穗》的書主。自從發生那起偷書事件後，這對加害人與被害人之間反而產生了莫名的交流；他們會每週互借一本書，並且在河邊討論讀書心得。志田也很疼愛那位對他親切又稱呼他「老師」的小菅奈緒。

「你怎麼跟小菅說？」

身為背取屋，志田對於書本的知識也十分豐富。小菅找上熟悉的「老師」商量也是可想而知。但是後來又特地到店裡來，這表示——

「我說：『妳的父母當然會擔心啊。』可是小菅似乎不滿意，看來那不是她想要的答案。」

我心想，果然沒錯。她肯定是因為聽不進志田的建議。

「那本書我以前讀過，不過沒打算再讀一遍。你看過《發條橘子》嗎？」

我搖頭。志田不屑的說話方式讓我驚訝。

「那篇報告中也寫到了，總之那本書的主角任意妄為，吸毒、強盜、強暴婦女……哎，就是無惡不作啦。當然，作者不是在鼓吹犯罪，他只是在描寫一個如惡夢般無可救藥的世界。是一種反面的寓言故事啦。」

不過人都有好奇心，所以或許有人對這本書會很有共鳴。可是，小菅的妹妹不只是把共鳴擺在腦袋裡，還大大方方寫成心得報告交給學校，自然也不能怪周遭的人擔心『國中就這個樣子了，長大後會變成什麼樣的大人呢？』而身為父母親更是如此啊。我說的沒錯吧？」

「……嗯，你說的好像沒錯。」

或許是年紀的關係，志田不自覺就會從父母的角度看事情。儘管如此，也沒有必要一一確認孩子們閱讀的書籍吧？國中正好是不希望父母干預的時期，這樣一來搞不好會弄巧成拙。

「總之，我勸你們最好別隨便插手。畢竟每個家庭都有每個家庭的教育方式……喔，已經這麼晚了。」

志田抬頭看向柱子上的時鐘，說：

「那麼，我差不多該走了。不好意思，打擾你們打烊了。」

他冷不防轉過身，大步向外走去。

文現里亞古書堂再度恢復寧靜。我回頭看向篠川小姐。她動也不動地凝視著腿上的稿紙，似乎在沉思些什麼。

她從剛才就不曾開口，讓我感到奇怪。既然她也在想辦法幫助小菅，應該與志田意見相左才是。再說，明明在聊書的話題，她卻完全沒有興趣，實在不對勁。

「怎麼了？」

我開口問她。她愣了一下，抬起頭擺擺雙手。

「不，沒……沒什麼……只是，有一點……」

說完，便陷入奇妙的沉默。剛才的對話內容突然閃過我的腦際。

「對了，剛才志田大叔進來之前，妳正打算和我說一件事，對吧？妳剛剛要說什麼？」

仔細想想，打從開始閱讀這篇心得報告開始，她的態度就不對勁，肯定是想到了什麼。

篠川小姐猶豫著該如何回答——過了一會兒，總算下定決心開了口：

「……這篇心得報告……嚴格來說並不正確。」

「不正確？哪個部分？」

「內容。」

她嚴肅地說：

「寫這篇報告的人，事實上並沒有讀過《發條橘子》。」

4

收拾好門外的招牌與均一價置物車後，我鎖上玻璃門，拉上窗簾。收銀機已經上鎖，關店工作到此告一段落。

現在店裡只有我一個人。回到櫃台，我聽見不規則的腳步聲走下樓梯。篠川小姐表示，在詳細說明之前，必須先去拿一樣東西，說完便回到主屋裡去。

那篇心得報告擺在收拾好的櫃台上——「安東尼．伯吉斯《發條橘子》讀後感」。

（她直接指出對方沒有讀過這本書啊。）

亦即這篇報告是沒看過書、隨便寫寫的囉？可是內容看不出有偷工減料。而且如果小菅的妹妹真做了那種事，班導和志田先生應該立刻就會發現。

「久等了。」

篠川小姐從通往主屋的那扇門拄著拐杖走回來。

我們隔著櫃台面對面。她將夾在腋下的兩本文庫本正面朝上擺在櫃台上，兩本的書名都是《發條橘子》，都是安東尼．伯吉斯著、乾信一郎譯、早川書房發行。

差別只在於裝幀。在我右手邊的文庫本封面上印著眼神兇惡的男子高舉刀子的圖案。黃色書腰上寫著「早川書房創立五十週年精選」等字樣。書封邊緣有明顯的髒污，似乎年代久遠。

我看向左邊的《發條橘子》，封面上只印著文字，從設計的風格與紙張狀態看來，這本比較新。書腰上寫著「早川文庫最強故事一〇〇部」。這本小說似乎在各個時代都被當成「名作」在宣傳的樣子。

「……原版的《發條橘子》是一九六二年英國出版。多產作家安東尼．伯吉斯當時發表過許多作品，其中以年輕人暴力為主題的《發條橘子》是最廣為人知的長篇小說。」

她突然像換了個人似的，神采奕奕地開始說明。照理說我也應該習慣了。

「早川書房於一九七一年發行日文翻譯版單行本，這邊這本就是該譯本的文庫版。我想日本市面上流通最多的就是這個文庫版。」

她說完，手指著拿刀的男子。

「意思是很值錢嗎？」

「不是……因為這個版本幾十年間再版了好幾次，是長銷書……因此在舊書市場裡不值錢，就算擺在均一價置物車上都很合理。」

她的語氣中帶著幾分遺憾。

接著她指向擺在左邊那本封面沒有圖案的版本。

「這本是二〇〇八年發行的新版。目前一般書店裡販售的就是這個版本，改用全新封面，而且稍微加大了書本開本及文字。」

今年是二〇一〇年，也就是說這本書是兩年前出版的。我把兩個版本拿在手中比較。新版感覺比較厚。

「兩本的內容也不一樣嗎？」

聽到我這樣問，篠川小姐眼鏡後側的黑眸亮了起來，興奮地雙手支著櫃台，往前大大探出上半身。洋裝底下豐滿的胸部微微顫動。

「說對了！舊版與新版的內容大不相同。請比較本文部分的最後一頁。」

我挪開停駐在她身上的視線，乖乖打開舊版書，翻到譯者後記的前一頁，故事就在那裡結束。我得儘快看過內容，免得無法閱讀的「體質」發作。

然後，只剩下我和貝多芬耀眼的《第九號交響曲》。

啊啊，它絢爛華麗，好聽得不得了。來到詼諧曲的部分，我可以明白感覺自己正輕巧、不可思議地用雙腿（NOGA）跑著跑著，我能清楚看見因為我的割喉剃刀（BRITVA）而哀號的地球正在撕裂。接著進入柔和的樂章，等一下就是美麗的最終合唱。我已經痊癒了。

我了解這段文章的意思。應該就是心得報告裡寫到，主角脫離洗腦狀態後聆聽貝多芬的部分。我注意到文中有些單字加上了詭異的外文，這就是這本小說的風格吧。

接著我翻開新版小說的書末，大略瀏覽寫著結局的那一頁。三二〇頁。

……那麼，我要在此向各位親愛的朋友們道別。也要向這篇故事中其他所有的一切發出噓聲。他們可以吻我的屁股。可是，各位，喔，我的朋友，希望你們偶爾懷念起可愛的亞歷克斯。阿門。然後去死吧。

「咦？」

內容與舊版完全不同。意思看不太懂，不過看起來應該是在向讀者告別。

「為什麼不一樣呢？」

「那是因為……」

篠川小姐伸手翻開新版書，稍微往前查找後，指著二九二頁最後一行——「接著進入柔和的樂章，等一下就是美麗的最終合唱。我已經痊癒了」。

到此是舊版的結局，但是新版的下一頁開頭寫著數字「７」，表示新的章節開始。這似乎才是最後一章。

「嘿，今後該怎麼辦？」

我在腦中整理狀況。

「意思是新版多加了一章嗎？」

「不，不是的。」

她搖頭。

「這邊這本新版才是原版的《發條橘子》，也就是完整版。」

說完，她指指封面書名底下，那裡確實印著「完整版」幾個小字。

「什麼意思？」

被挑起了好奇心，我也忍不住向前探出身子，一下子縮短了與篠川小姐之間的距離，但現在不是在意這種事情的時候，書的事情比較要緊。

「安東尼·伯吉斯於一九六二年發表的初版裡，主角亞歷克斯雖然脫離洗腦狀態，但故事並沒有結束。」

她低聲繼續說：

「亞歷克斯再度回到暴力與犯罪的世界，但是他最終厭倦了那樣的生活。此時，他遇到一位已經改過自新的昔日夥伴……這件事改變了他的想法……他決定告別過去的暴力行為，組織家庭，成為大人，故事到此結束。」

「什麼？」

我忍不住大叫。

「這樣的話，結局完全不一樣啊。」

甚至可以說完全相反吧。

「嗯，是的。」

篠川小姐重重點頭，額頭幾乎要撞上我的下巴。

「安東尼・伯吉斯始終認為亞歷克斯的暴行只是暫時的行為，等他成為大人後，就會懂得依照自己的意志選擇善惡……這是描寫年輕人成長的故事。但是，美國版發行時，出版社決定將最後一章刪除。」

「為什麼？」

「或許是因為他們認為加上最後一章就變成幸福快樂的結局了。但是讓問題更加複雜的原因是，大導演史丹利・庫柏力克根據美國版小說拍了電影。」

我知道史丹利・庫柏力克——大概吧。我曾在電視上看過一部戰爭電影，描述殘忍士官長嚴苛訓練士兵的故事。電影名稱忘了，不過我記得那應該也是史丹利・庫柏力克執導的電影。

篠川小姐拿下舊版《發條橘子》的書腰，持刀男圖案底下藏著一排文字：

"STANLEY KUBRICK'S CLOCKWORK ORANGE"

那排字印得比安東尼・伯吉斯的名字更大，彷彿寫這本書的人是史丹利・庫柏力克。

「這個封面取自電影版海報。電影獲得不錯的評價，因此小說也被翻譯成更多國家的語言。日文版出版也是在一九七一年……與電影上映同一年，不過當時市面上買不到加上最後一章的英國版，因此日文版也沿襲了美國版的結局，與電影版相同。」

「呃，但是……作者沒有意見嗎？」

全世界的人反而是因為這部結局遭刪改的小說才知道自己的名字，應該很不好受。

「據說他基於經濟方面的考量，不得不應允美國版出版。只不過這種事情往往有著複雜的背景因素，我不認為問題只出在美國出版社身上。作者所屬的英國到了一九七〇年代也出版了沒有最後一章的版本。日本長期以來閱讀的都是這個文庫版，到了一九八〇年，早川書房才出版完整版單行本。也就是說，完整版與非完整版有一段時間是同時存在於市面上……然而，幾年之後完整版就絕版了。」

「……完整版絕版，非完整版反而留下來了？」

「是的。到了二〇〇八年才終於出版了這裡這本完整版的文庫本，而舊有的非完整版文庫本則絕版了。」

我交叉雙臂低頭看著兩本《發條橘子》。這出版內情還真複雜啊。

「有一段時期，安東尼．伯吉斯也曾懷疑過究竟哪個版本才是正版。是非完整版的出版有無法阻止的內情呢……或者或許是連安東尼．伯吉斯自己也下不了決定。美國最早出版的完整版序文中，安東尼．伯吉斯寫到：『我們可以刪除曾經寫下的東西，但是不能當作不曾寫過。』」

看向擺在櫃台上的稿紙，篠川小姐吐了口氣，看來像是嘆息，也像是講話講累了。

我凝視她的臉，再度驚嘆她的知識淵博。與這件事情有關的人之中，只有她注意到版本不同，就連寫下心得報告的小菅結衣也沒發現——

「嗯？咦？怪了。」

我側著頭。

「目前書店所能購買到的，只剩下完整版了吧？」

心得中完全沒有提到最後一章，就像最後一章完全不存在一樣。難道她讀的是非完整版？

「……她讀的大概是舊書店買的版本吧。」

如果是這樣，沒有提到最後一章也很合理。可是，篠川小姐搖搖頭。

「……不是這樣的。小菅同學曾說過是妹妹委託她在網路上的新書書店購買的吧？」

「啊，對喔。」

也就是說，小菅結衣擁有的是近年出版的完整版。我愈來愈混亂了。

「妳剛才指的就是這件事吧？」

事實上小菅結衣沒有讀過《發條橘子》——究竟為什麼會發生這種事呢？

或許與小菅奈緒的委託沒有直接關係，但是我對其中的矛盾相當好奇。似乎有什麼內情。

「……該怎麼辦？」

我一問，篠川小姐暫時閉上眼睛，彷彿在整理思緒。

「……與小菅同學商量之前，我們必須先……把心得報告的事再弄清楚一點。」

關於這一點我也抱持同樣想法。但是問題就在於怎麼做。

「直接問本人比較快。」

把小菅結衣叫到店裡來，或是由我或篠川小姐透過電話詢問——只要拜託姊姊奈緒，她應該願意幫忙。想到奈緒對妹妹的那股溺愛，她恐怕對於篠川小姐的繼續介入不會擺出什麼好臉色。

「……我想，可以先不用這麼做。」

篠川小姐有如斟酌著出口的詞彙般，慢條斯理地說著。莫非她早已看穿這件事情的真相？

「你說過晚點會和小菅同學聯絡吧？」

「啊，是的。」

「方便告訴小菅同學，我們需要和她借一樣東西嗎？我想要確定一件很重要的事。」

5

店裡的公休日之後，又過了兩天。

今天開店後一直很忙碌。儘管是平日，仍有三位客人裝著一車子的書過來。我們忙著整理那些東西。客人絡繹不絕，等到工作告一段落時已經是日暮時分了。

（小菅奈緒今天應該會過來。）

替缺牙般的書櫃補上書時，我心想著。

前天打電話給小菅奈緒時，我直接轉達篠川小姐的請求。她雖然問過我請求的目的云云，但礙於不知情，所以我也無法回答，總之只告訴她「事關重大」，於是她冷冷地說這幾天會把東西送過來。

篠川小姐還是一如往常地躲在書堆後頭。是我的錯覺嗎，感覺書牆似乎更高了？和我交班去吃午餐之後，她一直忙著幫書籍標價和網購的工作。

「嘶——嘶——嘶嘶嘶——嘶——」

我聽見沙啞且呼吸節奏奇妙的聲音，立刻停下手邊工作。篠川小姐正在吹口哨。只要有開心的事情，她就會下意識地吹起口哨。

將最後一本書塞進書櫃裡，我滑步回到櫃台。雖然可以預見篠川小姐正在做什麼，不過我還是輸給自己想要親眼證實的欲望。

從書牆上方偷偷看過去，只見她正坐在電腦前專心閱讀文庫本，而且似乎看得很入迷，連我的視線都沒察覺。一直等待也等不到答案，於是我開口：

「那個……」

「嚇！」

篠川小姐驚呼一聲，嚇了一跳同時回頭。半開的嘴唇還保持吹口哨的樣子嘛著——她連忙闔上文庫本，挺直背脊。那是娥蘇拉．勒瑰恩的《雙人故事》（註1），集英社文庫版。

「我……我在工作……」

聲音高了八度，雖說她好像也沒必要對我這個打工的人解釋什麼，但這個樣子反而像做了什麼虧心事似的。

「抱歉。書本補好了。」

「好……好的……那麼，接下來是那邊的書……」

她右手拄著鋁製拐杖準備緩緩起身。

「我回來了！」

一位嬌小的高中女生大聲打開玻璃門進來，身上穿著與小菅奈緒同一所高中的制服，已經是秋天了，皮膚卻曬成小麥色，長長的頭髮紮成馬尾，長相很適合南國海邊。她是篠川小姐的妹妹，名字叫文香。

難得她放學後會跑到店裡來。平常她總是從書店後方另一道門直接進入主屋。

註1：原著名為：Very Far Away from Anywhere Else，一九七六年出版，無繁體中文版。

「小文，妳回來啦。」

姊姊微笑，展開沒拿拐杖的左手像在阻止她通過，不曉得什麼意思。我還側著頭沒搞清楚狀況，篠川文香已經雀躍跑上前，緊緊抱住姊姊。姊姊的身高比她略高。

「唔哇！姊姊！」

文香不明就裡地開心大喊，同時不斷以臉頰磨蹭姊姊的白皙脖子。兩個人的臉上皆綻放著笑容。我莫名感到十分難為情，連忙轉開視線。這到底是怎麼回事？

她們大約持續了五秒鐘。

「好，我要去準備晚餐了！」

妹妹若無其事地離開姊姊的懷抱。

「掰掰，五浦先生。」

她和我也簡單打聲招呼後，進入主屋去了。

「……這是什麼情況？」

等到剩下我和篠川小姐，我問道。這麼說來，我之前很少看到篠川姊妹一起出現呢。她們平常就會做這種事嗎？

「只是打招呼啊……？」

篠川小姐不解地眨眨眼睛。

「妳們每天都像這樣打招呼嗎？」

「咦？你家裡不是嗎？」

說得一副理所當然的樣子，害我一時還以為日本社會在我沒注意到的時候，已經養成根深柢固的擁抱習慣了。

「不，我家沒這麼做。」

五浦家只有我和母親兩人，而且我們兩人的身材比一般人壯碩，如果我還是小孩子也就罷了，現在做出這種舉動的話，別人看來只會以為我們在練習相撲。

「這樣啊……」

她稍微壓低聲音說：

「……我和妹妹從以前就這樣了……也許是因為父母不在的緣故。」

「呃？」

我記得前任老闆，也就是篠川姊妹的父親是去年才過世的吧。大概是注意到我驚訝的表情，她笑著打圓場，說：

「啊，不好意思……父親當然在，只不過他不是會和女兒摟摟抱抱的人，所以……」

此時我突然想起一件事──姑且不管父親如何，母親呢？

「妳的母親怎麼了？」

說出口之後，我才注意到，這麼說來，從來沒聽篠川小姐提起過母親，甚至也不曾聽她說出「母親」兩個字。

「……………十年前……」

她沒有繼續說明十年前發生了什麼事。也許是不想提吧？總之，母親現在不在這個家裡。

「……抱歉，我問太多了。」

我打住這個話題。

「不會……」

失去了接話的機會，我們陷入尷尬的沉默。

此時一陣大步奔跑的腳步聲靠近，通往主屋的門猛然打開，篠川文香再度現身。大概是正在換衣服的關係，她只脫掉一腳襪子。

「差點忘了。來，這是奈緒要給你的。」

她說完就把雙色格子紙袋硬塞給我。紙袋沒有封死，不過就算裡頭裝的是禮物，也不奇怪。

我拿著紙袋不解偏著頭。

「……奈緒？」

「小菅奈緒。你認識吧？她說今天有事不能過來，所以拜託我交給你。」

「我要說的不是那個……妳認識小菅嗎？」

印象中小菅奈緒曾經說過自己不曾和篠川小姐的妹妹說過話。她們雖然同年級，但不同班。

「我以前就見過她啦，也知道她的名字。她很有個性也很醒目……我們都參加了文化祭執行委員會，今天才有機會講到話。我們就讀同一所小學……不過國中不同。」

「喔，這樣啊。」

這麼說來，她們兩人應該屬於同一學區。在同一地區長大的人經常有這種情況吧，即使不曾談過話，但往往曾經在哪裡碰過面。

「我們曾經同班三年喔，厲害吧？」

不是吧，妳們兩個應該早點發現啊！

「總而言之，她交待你翻書時別太粗魯，萬一弄髒的話就踹死你。好，我說完了。」

文香微笑代為傳達完可怕的內容後，便跑回主屋去。雖然我覺得她也沒必要轉達得如此詳細就是了。

「可以讓我看看嗎？」

篠川小姐說。見她恢復以往的模樣，我鬆了一口氣，把整個紙袋遞給她。她拿出紙袋內的東西，那是安東尼·伯吉斯的《發條橘子》，早川書房文庫版。

我們借來的東西是小菅結衣委託姊姊幫忙購買的《發條橘子》。這本文庫本還帶著新書的紙味，封面上寫著小小的「完整版」。

「果然是加入最後一章的版本。」

我說。篠川小姐沉默地翻著書頁。儘管我們因此確認了小菅結衣擁有的是哪一個版本，但謎團依舊存在。為什麼她的讀書心得忽略了最後一章呢？

「……啊，果然。」

我聽見篠川小姐低聲說。她攤開書，停下手。

「這下子大致了解了。」

「咦？」

我反問：

「妳了解什麼了嗎？」

「事情的來龍去脈。」

她指著像書籤般對折夾在數頁書頁上方的紙片。「早川文庫訂購卡」這排字的下方是「代理發行・書店名稱」的欄位，上面還印著書名與條碼。為了方便取出，頂端有一個半圓形的凸起。

「你知道這是什麼嗎？」

「呃……看是看過，可是……」

我不太清楚這個東西的作用是什麼。她輕咳了一聲後，開始滔滔不絕地說明：

「這個叫做補書單，通常夾在一般書店進貨的新書之中。書賣給客人時，收銀員會將這張單子抽出保管，可以用來確認每種書賣了多少本並下單補貨……主要的作用是管理庫存。」

我默默點頭，想不出這東西和讀書心得有什麼關係。

「有沒有這張補書單，也成了舊書店的判斷標準之一。拿來賣的書如果是新書，而且裡頭夾著補書單的話，就必須小心。照理說在一般書店裡就該抽掉的補書單還留在書裡……表示這本書很可能是偷來的。」

我嚇了一跳。

「那麼這本書不就是……」

等等，我記得小菅說過這本書是購自網路書店。怎麼有人能夠偷網路上販售的書呢？難道購自網路書店的說法也是騙人的？

「啊，對不起，我不是指這本書是偷來的。」

在我腦中膨脹的想像瞬間萎縮。

「最近愈來愈多書店不再使用補書單，改利用書籍條碼讀取商品資料、管理庫存。大型網路書店大致上都是如此。在那類書店買書的話，補書單自然會夾在書裡。」

「……原來如此。」

既然這樣，書裡夾著補書單也沒什麼好大驚小怪了，甚至等於證實了小菅奈緒所說的「附近書店缺貨，所以我在網路上買這本書」沒錯。

但是，篠川小姐的表情卻一點也不開心。

「可是，從這張補書單，我得知了另一項事實……為了確認這一點，才會借來這本書……」

她以白皙的指尖摸摸補書單邊緣。看樣子確認後得到的答案並不值得高興。

「……你可以幫我請小菅同學的妹妹來店裡一趟嗎？可能的話，我想跟她單獨談談。」

6

安排篠川小姐和小菅結衣碰面這件事，花了幾天時間才搞定。

我原本希望盡可能直接與本人聯絡，但是因為對方沒有手機也沒有電腦，因此只能夠透過姊姊奈緒處理。但是與奈緒的討論卻遲遲沒有進展。

小菅奈緒認為我們的注意力不在如何說服小菅家的家長，反而著重於讀書心得本身。

「到底是怎麼回事，你說清楚啊！」

她在電話那頭逼問，我也沒辦法給她答案，只能不斷地說：「總而言之，篠川小姐希望能夠和她單獨談談」。

「是嗎？那麼我也要在場。」

小菅奈緒多次展現出對妹妹的關懷，但我突然注意到一件事。關於這次事件，在小菅奈緒的談話中完全沒有提到結衣本人的反應。也許她本人不太喜歡姊姊替自己擅作主張吧。

「總之，妳替我轉告她，也可以順便問問她是不是需要妳陪同。」

沒多久就得到小菅結衣的答覆。她說要單獨與篠川小姐見面。

小菅結衣指定的時間是平日，而且是早上開店之前。她也知道文現里亞古書堂的店址。這天，我比平常提早上班，與篠川小姐一起完成開店準備後，就等著小菅結衣到來。

明明說好她們兩人單獨會面，現場卻多了一個我，這是小菅奈緒的要求。

「雖然結衣說一個人去就好，我還是會擔心。你留在現場幫幫她，以防萬一。」

她似乎也隱約察覺到——這場會面對小菅結衣來說不會很愉快。氣氛有點類似過去篠川小姐把小菅奈緒找去談偷書事件當時的情況。

篠川小姐似乎也有些介意我在場，不過如果小菅結衣同意的話就無所謂。

「聽說今天好像是他們學校校慶之類的，所以放假。」

我仰望牆上的時鐘說。我相信對方也不太可能會為了這種事情特地蹺課前來。

「應該是運動會的補假吧。」

篠川小姐回答得很簡潔。原來如此……我才剛接受這個答案就又想到：

「……妳怎麼知道？」

「我是聖櫻女學園的校友……」

這事第一次聽說。不過如果她過去念的是女校，那麼一切就合理了。尤其是對於男性的視線毫無防備這部分。她今天穿著淺色系Ｖ領針織衫，不過有點──哎，算了。

「莫非妳大學也是念女校？基督教學校之類的？」

「咦？你怎麼知道？」

眼鏡後頭的雙眸圓睜，似乎真的很驚訝。

「不，我瞎猜的。」

我總不能說妳看起來就像是那種學校出來的吧。篠川小姐應該從小就是這種氣質。

「……是的。小學念公立學校，不過後來一直是念女校……」

我一邊點頭一邊聽她說。雖然很想多知道一些她的過去，但很不湊巧地，玻璃門打開的聲音正好打斷她的話。

戴著金屬框眼鏡、紮著低馬尾的少女站在那裡。格子洋裝外頭罩著白色丹寧外套，別說身上沒有穿戴半件飾品了，就連綁頭髮的髮圈上也毫無裝飾。看樣子她連私底下的打扮也完美遵照校規規定。

「……是姊姊叫我來的。」

小菅結衣以充滿防備的僵硬聲音說。輪廓平板的她長得和姊姊不太相像。

「請……請進來……」

坐在櫃台後側的篠川小姐小聲說道。這名國中生似乎讓她很緊張。她害怕陌生人的毛病實在很嚴重。

進入店內的小菅結衣關好入口的大門。我靜靜地躲到一旁，背靠著玻璃櫃站立。還是由她們兩人談話就好。

「我是小菅結衣。」

「妳好……謝謝妳特地前來……」

對話有點銜接不上。已經是成年人的篠川小姐居然忘記自我介紹。

「……找我來有什麼事嗎？」

少女就這麼站在通道一半的地方，交抱雙臂冷冷望著篠川小姐。長相雖然不同，不過那股強勢和她姊姊一樣。

「我想快點回家。」

「……也對，呃……」

「明明沒有拜託她，她卻擅作主張亂來。」

我和篠川小姐因為小菅結衣的厭惡口氣而愣住。

「她根本不懂書。」

她說的是小菅奈緒吧。看樣子這對姊妹之間的代溝比想像中還嚴重。不，也許只是妹妹單方面討厭姊姊。

「……她也是為了妳好啊。」

「我又沒有拜託她這麼做。只不過是買個書要被檢查而已，就每天都和爸媽吵架……真是煩死人了。」

她不斷地抱怨姊姊的白費功夫。

「反正讀書心得是我的，別管我不就好了。」

「……我有四個問題要請教。」

篠川小姐豎起四根指頭大聲說，就像開關突然被打開一樣，態度瞬間變得不再扭捏。

「那篇讀書心得是妳在自己家裡寫的嗎？」

「……是啊。」

小菅結衣多少也感受到對手的改變，不過仍舊坦白回答。

「我習慣在家寫作業。」

「妳平常會去圖書館嗎？」

「不，不會……我覺得別人碰過的書很噁心。」

她一面說，一面瞥看左右側的書櫃。這句話也可以解讀成是對舊書店店員的挑釁。看來她的外表雖然乖巧，實則相當有膽識。

「這麼說，妳也不會和朋友互相借書囉？」

「不會。我的朋友不太看書。」

「也不會和妳的家人互相借書嗎？」

僅此一瞬間，她停頓了一下。

「頂多是向家人借書……不過機會很少，因為我的家人也不是很愛看書。看的頂多是雜誌罷了。」

不對，姊姊奈緒最近應該經常向志田借書閱讀才對，可是看樣子這位少女沒把這個情況當作是愛看書的表現。

「原來如此，我明白了。」

篠川小姐點點頭。

「問完了嗎？我差不多該……」

「對不起，還有一個問題。」

篠川小姐這麼說，這次豎起食指。

「妳是怎麼寫出那篇心得的呢？」

店裡變得一片安靜。這個無法參透意圖的問題，讓小菅結衣稍微睜大了眼睛。

「……讀了書之後寫出來的。那邊那本就是我的書吧？我就是讀了那一本。」

她指指櫃台。那裡擺著我們借來的完整版《發條橘子》。

「這本小說有兩種結局，一種是寫到亞歷克斯解除洗腦狀態便結束的非完整版，另一種則收錄了描述亞歷克斯決心憑藉自由意志重頭來過的最後一章，也就是完整版。妳讀的是完整版，為什麼心得寫的卻是沒有最後一章的版本呢？」

話題終於觸及核心。如果小菅結衣有所隱瞞的話，應該會受到影響。然而，她卻沒有出現預期中的反應。小菅結衣露出莫名成熟、無所畏懼的笑容，說：

「只是因為結局那一章太無趣了，我不想提而已。亞歷克斯最後不是突然變成了好人嗎？我覺得結束在他聽著貝多芬那邊最棒……我知道以前出的版本到這裡就結束了。」

這個解釋姑且合理——但是，我卻有一股無法抹滅的怪異感覺。這段話也可以解釋成是她後來才發現還有最後一章而想出的好藉口。

「『我能清楚看到因為我的割喉剃刀（BRITVA）而哀號的地球正在撕裂。接著進入柔和的樂章，等一下就是美麗的最終合唱。』」

篠川小姐流暢背誦出整段內容，對小菅結衣投以微笑。

「的確很棒。我第一次讀到時，也認為這段文章既恐怖又出色。」

「是啊，所以我的心得只寫到這……」

「可是妳並沒有讀到書裡的這段內容，對吧？」

「咦？」

出聲的人是我。小菅結衣本人只是稍微皺著臉。

「沒那回事，我整本都讀完了。」

「真的嗎？」

「沒錯。妳有什麼證據可以說我沒有讀到那一段？」

我不認為有辦法證明這種事。但是篠川小姐不為所動，只是拿起櫃台上的《發條橘子》遞給小菅結衣。

「請從這本書的開頭翻起，隨手翻一下就可以了……來，請。」

她的語氣不容辯駁，少女只有不甘願地照做，搶過自己的書，啪沙啪沙地翻頁。

突然，翻頁動作停住，對折的粉紅色補書單插在書本中段，跨頁夾住數十頁內容。小菅結衣不以為意地抓住半圓形凸起準備抽起。

「妳是如何能夠不抽掉那張補書單，讀完所有內容的呢？」

少女停住手上動作。原來如此——我心想。只要沒有拿掉補書單，就無法閱讀那些被夾住的書頁內容了。再說，也沒有人抽掉補書單之後，會特地插回原本的模樣。原來這就是「從這張補書單，我得知了另一項事實」的意思啊──由此可知書主是否讀完這本書。

「妳沒有讀完這本《發條橘子》，也因為妳只讀到一半，所以沒有注意到這本書還分成完整版與非完整版。儘管如此，妳卻能夠寫出讀書心得，這只有一個可能……」

篠川小姐吸了一口氣，斷然地說：

「妳抄襲了別人的讀書心得。」

7

距離開店還有一點時間。

店裡只聽見老時鐘指針移動的聲響。最後，小菅結衣緩緩張開失去血色的嘴唇說：

「妳少亂說。」

聲音有些顫抖，但語氣卻意外強硬。

「妳說說看，我是抄了誰的讀書心得？」

篠川小姐困擾地蹙眉。她似乎沒想到對方會反駁。

「……那麼，我再問妳一個問題。妳是從哪裡知道《發條橘子》這本書的呢？」

「咦？」

少女似乎有些意外。

「這部作品確實是經典名作，但畢竟是五十多年前的外國小說了。既然妳沒有與家人、朋友交換訊息，究竟是從哪裡得知這本書並寫出讀書心得的呢？」

「那是……我在書店看到……」

「附近的書店應該都缺貨了。而且，這篇讀書心得上面寫著：『我在不了解這本書寫了什麼內容的情況下，從網路書店買下』。」

篠川小姐毫不鬆懈地繼續追問：

「真相應該是相反才對吧？妳讀了這篇心得後，才開始對《發條橘子》感興趣……一開始原本真的打算讀完後，寫出自己的心得，否則妳也不會特地尋找、買下這本書。但是因為情況不如預期，不得已只好照抄了……」

「我不是叫妳不要亂說嗎？妳分明沒有證據！」

「要證據的話，我應該可以立刻拿出來。」

小菅結衣的吼叫絲毫沒有影響到篠川小姐。

「妳說過這篇讀書心得是在家裡寫的，對吧？也說了沒去圖書館……如果這番話是真的，意思就是原版的讀書心得在妳家裡。當然，我指的不是妳的家人以前寫過心得。如果是那樣的話，應該馬上就會被識破。至於妳是從哪裡抄襲了誰的心得，雖說可能性並非只有一個，不過……」

篠川小姐以沉穩的語氣一字一句繼續對小菅結衣說：

「妳所畢業的國小每年都會舉辦讀書心得比賽，對吧？……而且還把優秀的文章集結成冊，發給全校學生。」

小菅結衣的表情瞬間凍結。我突然想起她姊姊奈緒的話：

（在我看來，她的心得遠遠優於其他同學。）

從那時起，我就一直覺得不解。她要如何「看到」妹妹與其他同學的心得並做比較呢？——如果不是集結成冊，平常應該沒有這種機會。

「當然，這個比賽在妳入學之前就已經存在，想必過去也有集結成冊發給學生。這篇心得應該是完成於日本尚未出版完整版《發條橘子》的年代……大概是妳姊姊或哥哥在學時，某個人寫的作品。既然奈緒同學沒有發現，那麼原作者的年紀很可能接近最年長的哥哥……接下來，只要去查證就知道了。」

在場所有人短暫沉默了一會兒。

緊握早川文庫的少女，最後無力垂下手。

「……我還以為，不會有人知道。」

她低著頭小聲說：

「我喜歡看看以前的文集，找尋下一本要閱讀的書……文集中每年大概會有一位學生寫出很棒的心得。讀過的心得之中，最令我驚訝的就是這篇《發條橘子》……文筆好，內容又成熟穩重……我覺得寫得真好。」

也就是說，讀完這本小說並寫下心得的人是某個不知名的小學生。我想大概每個時代、每所學校都有一位熱愛圖書的孩子吧。在我身邊或許也有。

「我原本也想看看那本書……買了之後才發現亞歷克斯比我想像中還要過分，而且書中太多艱澀的詞彙……結果我只讀到三分之一就放棄了。」

姊姊奈緒也說過同樣的話。沒想到這對姊妹對於書本的喜好倒是很類似。

「可是，為什麼要抄襲別人的心得呢？」

篠川小姐說：

「我對於這點感到不解。如果覺得《發條橘子》難以下嚥的話，可以換一本書寫心得吧？」

小菅結衣滿臉通紅，表情突然顯得很稚嫩——應該說，這樣比較符合她的年紀。

「因為姊姊說……那本書她看不下去……」

「什麼意思？」

篠川小姐反問。

「……姊姊最近交男朋友了。」

我和篠川小姐忍不住面面相覷。她的表情似乎在問：「你知道？」我搖頭表示完全不知情。

上個月，小菅奈緒原本打算向心儀的同班同學告白，卻遭到狠狠拒絕。偷書的事也與那次告白有關。拒絕她的少年因為在校內被排擠，轉而懷恨在心，甚至放火燒了文現里亞古書堂的招牌——聽說他目前仍是停學中。

「暑假裡，她曾經做了甜點帶出門……我猜想也許是告白成功了。對方似乎很聰明，姊姊經常向他借看起來很難的書閱讀……似乎變得比我更懂書了……」

聽她說到這裡，我的頭痛了起來。這位少女完全誤會了。小菅奈緒借書的對象不是她的男朋友，而是年紀大到當她爸都綽綽有餘的背取屋兼流浪漢。

原本很想糾正她，想想還是算了。當事人沒有告訴家人的事情由我這個外人開口，實在說不過去。

「……想表現出自己比姊姊更會看書，是嗎……」

篠川小姐心平氣和地說。小菅結衣突然重重低下頭。

「這件事情，請不要告訴我姊姊。姊姊個性意外地一板一眼，一定會把事情全都告訴爸媽，這樣一來就糟了。」

「可是……」

「我知道自己做錯事，但是只有我的家人和學校老師知道我的這篇心得不是嗎？就連原先寫出這篇心得的人也不知道……呃，只要你們幫我保密的話……」

篠川小姐突然叫出她的全名。她的聲音凝重得讓人不敢作聲。

「小菅結衣同學。」

「妳將過去畢業生的心得當作自己的東西，就算那個女生不知情，事實依舊存在……再說，我認為拿沒讀過的書寫心得，等於是對作者的侮辱。妳不是喜歡看書嗎？」

坐在櫃台後側的篠川小姐雙手擺在自己的大腿上。我注意到她是在撫摸一本書的封面，就是那本她在對我說明時拿出來的黃色書腰舊版《發條橘子》。

「安東尼．伯吉斯曾經這麼說過，『我們可以刪除曾經寫下的東西，但是不能當作不曾寫過』。妳也不能當作沒有抄襲過這篇心得。妳必須承擔自己的所作所為。」

小菅結衣緊咬嘴唇，似乎害怕之後會發生的事。

「去向姊姊坦白一切，然後請她幫忙出主意。我能夠說的就這麼多了。」

「呃……」

「奈緒同學一定能夠找到最適合妳的處理方式。她一定能夠了解妳現在抱持的是什麼樣的心情。」

的確，小菅奈緒應該懂得人做了不該做的事情時的心情，因為她本身也曾經犯過錯，再加上她很寶貝自己的妹妹。

最後，小菅結衣靜靜抬起臉：

「我明白了……我會試試。」

8

關於小菅結衣的事情到此告一段落。

她的姊姊奈緒也沒有告訴我們詳細的結果。

幾天後，她來到店裡，只對篠川小姐道了聲謝謝。大概是不希望事情鬧大，所以她也沒把妹妹做的事告訴父母吧。

前陣子的假日，我在大船車站大樓的書店裡看到小菅姊妹。她們兩人在文庫本專區前面交頭接耳地開心談話。看樣子她們的感情也稍微變好了。

前面我雖然說「到此告一段落」，事實上後來還發生了一件對我來說很重要的事。事情發生在小菅結衣來店裡的隔天。

時間正好是剛過中午，篠川小姐在主屋裡用餐休息，出門散步順便過來走走的常客也離開了，店裡只剩下我一人。

我的視線突然停留在閒置櫃台上的那本《發條橘子》身上。那是沒有收錄最後一章的舊版文庫本。

這本書是篠川小姐從主屋二樓拿來的，不是店裡的庫存，所以這是她的私人藏書。我再次看向書腰——「早川書房　創立五十週年」。

這本書究竟是什麼時候買的呢？

翻開書看看版權頁，寫著「一九九五年一月十五日 第二十五刷」。比我想像中更久遠，正好是十五年前。當然，篠川小姐也可能是買舊書，不過如果是新書的話，那個時候還沒——

「啊！」

我不禁叫出聲。打從前天起就懸在腦袋一角的幾個問題，突然全串在一起了。

（就算那個女生不知情，事實依舊存在。）

篠川小姐當時這麼說。仔細想想，小菅結衣並沒有告訴我們寫心得的學生是女生，因此也有可能是男生才對。

再加上，這間房子與小菅家位在同一所市立國小學區內，她自己也說過「小學念公立學校」，因此篠川小姐很可能也是就讀那所小學。她為什麼要隱瞞這件事呢？

「抱歉，我耽擱了。」

聲音來自我的視線範圍外。我一抬頭就見到從主屋回來的篠川小姐正把手繞到背後關上門。

「剛剛正好在找東西……」

她注意到我翻開了《發條橘子》，屏住呼吸。

儘管如此，或許進來之前已經做好心理準備了吧，她難得直視我的眼睛，率先開口：

「呃……我有一件事情必須向你……道歉……」

她一邊說，一邊將夾在腋下的薄冊子交給我。看樣子這就是她剛剛在找的東西。

封面的書名寫著《芽吹》，大概是新芽的意思。底下印著「鎌倉市立岩谷小學　平成七年」，也就是一九九五年。

我默默接下，翻開書頁，看看目錄，書中收錄的全是讀書心得。這本《芽吹》就是每次讀書心得比賽時印製的作品集吧。我一下子就找到要找的頁面，那裡印著：

《發條橘子》讀後感

看向下一行——「四年二班　篠川栞子」。

「抱歉……」

篠川小姐紅著臉低下頭。

「這篇……是我的讀書心得。」

就是這麼一回事。

篠川小姐並非利用推理解開這次的謎團，而是打從一開始就知道小菅結衣做了什麼，她只是假裝解謎罷了。

「為什麼不一開始就說呢？」

我完全不明白。照理說沒必要隱瞞啊。也沒必要對小菅結衣滔滔不絕地解釋，只要拿出這本作品集給她看，告訴她「是我寫的」，事情不就解決了嗎？

「因為……那個……」

「五……五浦先生……」

她以幾乎快聽不見的聲音說：

我？我又怎麼了？

「志田先生說：『國中就這個樣子了，長大後會變成什麼樣的大人呢？』時，你說了『嗯，你說的好像沒錯』……」

「……啊。」

寫這篇讀書心得時，篠川小姐非但不是國中生，還只是個小學生。雖然我和志田完全不知情，但是「當事人」事實上就在我們面前。

「寫出這篇心得時也是……有老師覺得我有問題，說寫出這種心得的小孩令人擔心……當然也有老師幫我說話，所以這篇心得才會刊載在作品集中，不過……可是……」

她的聲音愈來愈小。

「……我不希望你對我有那種想法。」

這麼說來，志田出現之前，她原本正想告訴我關於這篇心得的事情。那時候她一定是想告訴我真相吧。

我突然注意到文章中的一句話。

「我在不了解內容的情況下，在島野書店買下這本書。」

這是與小菅結衣的心得唯一不同之處。她一定是拿到零用錢後，騎著腳踏車來回各家書店吧。這次我可以想像她小學四年級時的模樣了。

「……對於寫出這篇心得的孩子，你有什麼想法？」

我翻翻《芽吹》，大略看過其他心得。裡頭有幾篇談森鷗外、太宰治等近代文學作品，不過《發條橘子》的心得是其中最亮眼的作品。

「……我雖然覺得奇怪，但並非覺得不好。」

我回答。

「真想見見那個時候的篠川小姐。」

篠川小姐害羞地笑了笑。

小學時就寫出這樣的心得，那又如何？心得終究只是心得，現實生活中該採取什麼行動，大多數人都能夠自行判斷。這本小說中的亞歷克斯不也憑藉自己的想法，不再為惡了嗎？

我闔上《芽吹》，還給她。正如《發條橘子》的作者所說，寫過的東西不能當作沒寫過——話說回來，我們也沒必要當作沒有寫過這篇心得吧。

「……讀過完整版之後，妳有什麼想法？」

「咦？」

「我想聽聽妳的感想。」

感想當然應該改變了，畢竟最後的結局改變了嘛。我更有興趣的是，現在的她對這本小說有什麼想法。

篠川小姐笑得更深了。

「……很長喔。」

「那麼，等打烊後再說可以嗎？」

「當然好。」

於是我們開始各自的工作。回到書牆後方的她一如往常地吹起聲音分岔的口哨。

此刻的她明明沒有在看書。

第二話

福田定一

《給上班族的名言隨筆》（六月社）

1

為了把車子停靠在書店前面，我必須先迴轉。

來到T字路上，謹慎地打著方向盤，把車子開出車站月台旁的小路。在「收購舊書、誠實鑑價」的招牌前面站著一位戴眼鏡的長髮女子。她身穿胸前綴著毛的夾克與窄版長裙，一身秋裝打扮，手上卻提著不協調的帆布肩背包，彷彿要用來裝五金工具。

我把車子停在她面前，伸手打開副駕駛座的車門。

「讓妳久等了。」

她點點頭回禮坐進車裡，以笨拙的動作收起折疊式拐杖，繫上安全帶，緊抱腿上的包包。

「我們走吧。」

我開口說，聲音中充滿掩飾不了的緊張。

「好的……走吧。」

我放下手煞車，緩緩加速前進。

來到圓覺寺門前，樹葉已經斑駁轉紅。戴著帽子的中高齡觀光團穿過馬路，使車子遲遲無法前進。這種情況在進入旅遊旺季的鎌倉隨處可見。

「……這還是第一次呢。」

篠川小姐開口。

「什麼第一次？」

「我們兩人像這樣出門。」

我稍微沉默。她說的沒錯。我們兩個過去幾乎不曾在書店以外的地方獨處。

不過，我卻沒有因此心跳加速。

「……可是，總有一天五浦先生必須自行前往處理……所以慢慢來也沒關係，請一點一點記住做法。」

「了解。」

我老老實實地點頭。

不用說，我們不是在約會。載著我們的車子是停在文現里亞古書堂停車場的老舊廂型車。後面的座位可以收起來，以便容納更多貨物。

「地點是御成町嗎？」

「對，房子很大，聽說有個書庫。」

御成町是鎌倉車站附近的住宅區，也是我們正準備前去「到府收購」的目的地。

穿過平交道，來到國道上，我稍微加速，跟在橘色的客運後頭爬上緩坡。

「你曾經去過那位客人家裡吧？」

我僵了一下。

「……這個嘛，因為我們同班……」

我沒有撒謊，客戶是我的高中同學，因此對方委託我們收購老家的藏書，現在我們正在前往客戶家中的路上。

只是有個難以啟齒的原因，所以我才會這麼緊張。

事情要回溯到兩天前。

大船車站旁有條歷史悠久的商店街。

狹長的街道兩旁是櫛比鱗次的商店，傍晚前來購物的客人總是絡繹不絕，店家的商品甚至擺到了馬路上，行人往來時很難不碰到別人的肩膀。

那裡有許多販售生鮮食品與日常用品的店家，而在距離車站較遠處，則可以看到寫著日本酒名稱的居酒屋招牌。

接近傍晚時分，居酒屋陸續開門營業，下班的上班族與附近居民也紛紛聚集在店裡。

而我們也正置身於其中一家居酒屋，這家店的海鮮下酒菜豐富又便宜。今天一起喝酒的是我高中時代的朋友。

「你現在還在舊書店工作嗎？」

第一杯啤酒上桌時，我那位名叫澤本的朋友開口。他是高中時唯一和我同班三年的兩位同學其中一位。

「前陣子辭職了……後來又因為一些原因復職。」

「嗯？前陣子在電話裡，你不是說得到埼玉還是哪裡的食品公司最後一關面試的機會了？」

我沉默搖搖頭。澤本了解了我的意思，體貼地微笑打圓場：

「哎呀，我也很高興家鄉還有朋友可以陪我喝酒啊。除了你之外，很少有人能陪我喝了。」

澤本不知不覺已經喝光啤酒杯中的啤酒。他有張輪廓深刻的臉龐，濃眉大眼的長相令人既羨慕又嫉妒，而且酒量很好。他的老家在鎌倉市的腰越，世世代代都是漁夫兼營魚店。高中時是劍道社主將，在班上的形象也是個可靠的大哥。

他曾經重考過一次，後來進入國立大學，現在即將進入外資電機製造商工作。

「有你在，那家書店的人也安心吧。聽說前陣子店長被跟蹤狂襲擊喔？真可怕。」

「你還真清楚啊。」

我驚訝地睜大眼睛。正確來說，跟蹤狂的目標不是篠川栞子，而是她所擁有的太宰治珍本書。那位名叫田中敏雄的男子雖然遭到逮捕，名字也出現在報紙上，不過報導中應該沒有提到篠川小姐的名字和店名才對。

「畢竟事件就發生在附近，有流言也是理所當然的嘛。」

澤本大聲說。

「犯人怎樣了？」

「目前正在接受審判……可能會被判刑。」

這幾年應該都會待在牢裡吧。不過他不會被關上一輩子，總有一天，田中很可能再次出現在篠川小姐面前。

「對了，你和那位店長什麼時候開始交往的？她長得很漂亮吧？」

我皺著臉放下啤酒杯。連這種事情都有人亂傳嗎？不對，也許只是澤本的情報網特別廣。

「我們哪有交往？只是在同一家店裡工作而已。」

「怪了，我聽到的是犯人遭到逮捕後，你向她告白……」

「你聽錯了，我才不是告白，我們只是聊書……」

「書？」

「……算了，沒事。」

只是聊聊書，恢復友好關係而已——不過我實在很難解釋清楚。

「可是，看你們的樣子，應該不只是單純的店長與打工的關係吧？」

「……怎麼說呢？」

篠川小姐幾乎不聊書本之外的事情，而我目前也仍然無法掌握與她相處的距離，不曉得在私事上能夠干涉到哪種程度。畢竟我第一次遇到像她那樣的女生。

澤本皺著濃眉，似乎在擔心什麼。

「怎麼了？」

「應該是上個月吧，我們聊到你，那時候，我說你在舊書店工作……交了新的女朋友。」

「跟誰聊？」

「高坂。」

我停下正要拿起毛豆的手。高坂晶穗，她是除了澤本之外，另一位唯一和我同班三年的高中同學。

「你們一直都有保持聯絡？」

「偶爾打電話或傳簡訊而已。」

我的腦子裡冒出一大堆疑問，正要開口，加點的啤酒和炸竹莢魚送來了。澤本啪地一擊掌，彷彿突然想起什麼，說：

「對了，她昨天也有傳簡訊來，聽說因為親戚過世，她今天人在老家。」

澤本咬了一口炸竹莢魚，喝下啤酒。

「我跟她說今天要和你一起喝酒，她說也許會過來一趟。」

「咦……」

我差點弄掉筷子。此刻的我一定滿臉訝異。

「不方便嗎？」

「也不是那樣……」

太突然了，我還來不及做好心理準備。我們最後一次碰面是三年——不對，是四年前了吧？感覺像已經十年不見了。

嗯，不過她也沒說真的會過來。親戚的喪禮應該很忙吧。正當我這樣告訴自己——

「也不是那樣，那是怎樣？」

我愣住轉過頭，只見一位苗條女子站在那裡。深藍色洋裝搭配米色外套，這身打扮的確很適合參加婚喪喜慶。及肩的頭髮帶著微微的捲翹，臉上化著淡妝。

「大輔，好久不見。」

高坂晶穗露出貝齒微笑。微笑的方式還是和以前一樣。

2

我與澤本變熟是因為學號相近，再加上剛開始的座位也很近的緣故。

高坂晶穗的座位應該也在我們附近，不過我想不起來我們究竟是什麼時候開始說話的。等注意到時，她已經笑著和我、和澤本一起聊天了。

她的眼窩較深、嘴唇單薄，長相絕對算不上吸引人，不過她有著清亮好聽的嗓音。在溫和的應對下有著強硬的原則，有時也會說出令人吃驚的話，給我的感覺比其他女同學更成熟。

與忙於劍道社練習的澤本不同，我和晶穗沒有參加任何社團。她在大船車站前的家庭餐廳打工。放學後，我們偶爾會一起回家，不過感情真正變得更好，則是在高中二年級的暑假。起因是我們約在圖書館一起寫作業。

後來澤本與女子劍道社的學妹交往，我和晶穗兩人單獨行動的機會愈來愈多。儘管如此，我們既沒有共同的興趣，個性也同樣沉默寡言，不過，光是有一句沒一句地聊聊學校裡發生的事情也很開心。

進入深秋之際，只要我們兩人待在一起，幾乎沒有人會介入。

結果，還沒有意識到自己正在談戀愛，說我們兩人正在交往的傳言已經甚囂塵上。冬天時，我們才聽到那些傳言，不過與不知所措的我不同，晶穗的反應倒是很平靜。

我不曉得她心裡怎麼想，總之，放學後她說：「等大學入學考試結束後，我們就正式交往吧。」印象中我只回答了「嗯」還是「喔」。那是我們第一次確認彼此的心意。

畢業之前，我們就和其他乖乖準備大考的情侶一樣，幾乎都謹守規矩。有時去補習班之前會繞遠路，到空無一人的工廠牽手。晶穗的手比我想像中更小、更溫暖。

隔年春天，我勉強考上默默無聞的私立大學經濟學院，晶穗則考上包括公立大學文學院在內的幾間學校。

但是她最後選擇就讀的是私立大學藝術學院的攝影系，連同我在內的所有人都很驚訝。她似乎打算將來從事攝影工作。

從以前我就注意到她有時約會會帶著一台笨重的單眼相機，或打工賺錢購買鏡頭，不過當時我還以為那只是興趣而已。

我開始感覺不對勁，大概就是在那個時候。

晶穗為什麼沒有和我聊過這些事情呢？難道我對她一點也不了解嗎？

不過，我腦中的疑問很快就被大考結束的喜悅取代了。

高坂晶穗不提自己的事，尤其是家庭環境。我只有聽她零星提過父母已經離異，她現在住在父親的老家裡，自己和同住的親戚處不來等等。

不曉得是不是因為這個緣故，她的門禁時間嚴格到讓人無法認同。即使她開始上東京念大學，無論有什麼狀況，也仍必須在晚上八點以前回到鎌倉。她就讀的大學校區位於練馬，往返家裡必須花費三個小時以上，等於平日沒有任何自由活動的時間。

晶穗雖然不滿，仍然遵守門禁，直到有次黃金週和我在橫濱元町約會，才錯過了門禁時間。那次，我們前往參觀位在高台的老教堂，回程不小心迷了路，連忙搭上根岸線電車趕回家，抵達鎌倉車站時卻已經是晚上八點半了。

我不聽她送到車站就好的要求，硬是送她到家門口，才知道她家是御成町住宅區數一數二的大宅邸。厚重的大門和日式庭園讓我瞠目結舌，但是更讓我驚訝的，是有一位家人在那裡等著她回家。

一位站得筆直的小個子老人站在踏腳石上交抱雙臂。一頭剃短的白髮，身穿作工精緻的深色和服。我想大概是晶穗的祖父，也就是這棟房子的主人吧。他的冰冷視線令我背脊打顫。

「您好，我叫五浦大輔。」

現在當然不能轉身逃走。我深深一鞠躬。

「都是我的錯害得我們迷路……還拖累晶穗，十分抱歉。」

對方沒有回答。我戰戰兢兢抬起頭，老人以下巴指了指我的女朋友，便不發一語地回到屋內。晶穗也小步跟在他身後，只剩我獨自被留在門外。

事後回想起來，那一夜大概就是轉捩點。

進入梅雨季節前，高坂晶穗搬出老家，開始在大學附近一個人生活。單純的我對於她能夠脫離老家的監視感到很開心，也不可否認我曾經天真地期待我們兩人能在沒有外人打擾下獨處。

但是，自從她搬家後，我們相處的時間反而愈來愈少了。

或許是家裡給的生活費不足，晶穗必須同時兼幾份打工。而當時加入大學柔道社的我，也為了取得段位埋頭練習。

這個情況影響到了我們的交往，我們約會的間隔逐漸拉長。有時即使空出時間來，晶穗也是一副精疲力竭的樣子，愈來愈少看到她的笑容。

如果她願意說出自己的疲憊或不滿，或許我還能夠處理，但是她生性不願讓別人見到自己的脆弱。我完全不記得交往期間，她曾經找我商量過什麼事情。

我也發現自己太想要假裝自己了解晶穗，甚至可以說到了孩子氣的地步，卻不知道有什麼方法能夠填平我們之間已經存在的鴻溝。

度過了氣氛尷尬的夏天，由秋天進入冬天之際，她甚至不再傳簡訊給我。可以確定的是，如果我沒有主動聯絡的話，我們的關係就結束了。我對於產生「即使如此也無所謂」想法的自己感到愕然。

高中時代開始交往的情侶進入不同大學後漸行漸遠、最後自然分手的情況隨處可見。

但是，我想要好好做個了結。

我們最後一次見面是聖誕節前夕，地點是池袋車站旁的公園。穿著長版軍裝大衣的她瘦了一圈，看起來更顯疲憊。脖子上掛著一台沉重的單眼相機，不曉得剛才去了哪裡攝影。

「我和妳從高一開始一直都是朋友，我不希望就這樣莫名其妙地分手。」

想了許多，我決定老實說出自己的感受。因為也沒有其他辦法了。

「如果無法和我繼續交往下去，就明白告訴我吧。」

這天也是個看似要下雪的寒冷日子。太陽下山後的公園裡不見其他人影。我們兩人嘴裡都吐著白色氣息。

「……說得也是。」

沉默了好長一段時間後，她低聲說。聲音與相識時一樣好聽。

「也許我們還是回到朋友關係比較好。」

這句話代表分手。

雖說回到朋友關係，事實上我們後來也沒有再聯絡。很久以後我才發現我們始終不曾向對方說過「我喜歡你」。

「……我當時因為不習慣一個人生活，還有打工的關係，真的是精疲力盡。」

高坂晶穗表情淡然地說完，一口喝下半個啤酒杯的檸檬沙瓦。

「當然，那時還是有好好上課，還有許多東西必須學……不過我覺得自己沒辦法好好和別人建立起什麼關係。在大學的第一年也多半是自己一個人。」

「嗯嗯，我大概能了解，因為環境改變太大了。」

澤本大聲附和。

「所以，我一直覺得對大輔很不好意思，原本還打定主意一輩子不再見面了……」

「我們現在不就見面了？」

我喝著第二杯啤酒，一邊以食指來回指著自己與晶穗的臉。沒想到再次重逢還不到十分鐘，我已經開始說玩笑話了。

「啊，那倒也是。對不起。」

「……都說了不用道歉。」

當年我也覺得生氣，只是我也了解我們無能為力。

我們的視線碰巧對上，晶穗微笑。我不解地心想，她以前就是這樣嗎？過去的她十分沉著，感覺上現在的她已經超越那個境界，變得有些油腔滑調了。

「高坂也在工作了吧？妳之前說在哪裡工作？」

澤本伺機換個話題。平常說話毫不含蓄的他，居然懂得察言觀色。

「在三軒茶屋的攝影工作室。前輩介紹進去的，我在那裡當助理。」

晶穗回答。

「薪水雖然很低，不過能夠拍攝自己的照片。我有將作品上傳到網路上，等一下把網址寫給你們……」

她開始活力十足地聊起自己的作品，比方說，最近前往建於昭和時代的老舊社區拍攝居民與建築物的照片等等。看樣子她仍繼續努力想成為專業的攝影師。

大概是已經習慣與人相處，她說話的次數也比以前更多了。可以想像她在嚴峻的職場上接受磨練的情況。我發現自己聆聽她描述近況時，會不自覺地關注她是否提到男朋友，這一點令我心驚。照理說她現在與誰交往，應該已經和我沒有關係了才對。

「……大輔現在的女朋友，真的是北鎌倉那家舊書店的大姊姊嗎？」

或許是注意到我的沉默，晶穗把話題轉到我身上。

「聽說他們其實沒有在交往啦。」

不曉得為什麼是澤本回答。

「咦？我還以為澤本的情報肯定正確呢。」

「據說好像也不只是普通的店長與打工的關係。我覺得很難定論。」

「原來如此。在店裡工作碰面時，應該會不自在吧？」

兩人一邊竊笑，一邊故意大聲說。

「你們聊別人的八卦時，別聊得這麼起勁行不行？」

我插嘴。

「……我也有很多不得已的苦衷。」

「你說說看啊，我們很願意聽。」

「是啊，我們隨時都願意當你的聽眾。」

澤本他們進一步打蛇隨棍上，看樣子就是想糗我。也許是酒精開始發揮作用，我們三人之間的氣氛已經愈來愈融洽，就像高中課堂休息時間在教室裡聊天一樣。

看著晶穗從容不迫的側臉，我也有些問題想問問她。

「晶穗，和我們喝酒沒關係嗎？妳不是回來參加喪禮嗎？」

「今天是頭七，不過我……一直覺得自己還是別在場比較好，所以趁著聚餐時溜出來了。」

頭七的聚餐怎麼會說「一直覺得自己還是別在場比較好」呢？也許她還是和以前一樣，與親戚們處不來。

「這麼說來，我還不曉得是妳哪位親戚過世了？」

澤本問。他已經喝光第三杯啤酒。

「是我父親。」

晶穗回答得毫不在乎。席間的空氣瞬間凍結。我甚至直到現在才知道她的父親也住在那棟「老家大宅」裡。我和澤本連忙放下筷子，嘰嘰咕咕地想要表達歉意，晶穗卻苦澀地搖頭擺手。

「啊，不用在意。對不起，害你們擔心了。我很早之前就知道父親情況不佳，再說我們已經好幾年沒有見面了。」

從她的話中透露出沉重的家庭問題。

我想起很久以前，送錯過門禁時間的她回家那夜的事。站在門內的只有那位貌似祖父的老人而已。

原來當時她的父親也在家嗎？或許他不想在屋外等待遲遲不回家的女兒？

「……今天我來，是因為有話想對大輔說。」

晶穗突然再次面向我。

「咦……」

我的心臟加速鼓動。她打算說什麼？

「我原本打算直接和你聯絡，可是你的手機號碼和電子郵件地址都換了。」

「……對。」

之前找工作時，我把原本使用的手機和電信業者都換掉了，結果也因此刪除了晶穗的手機號碼和電子郵件地址。也算是下定決心與過去切割吧。

「妳要跟我說什麼？」

我需要心理準備。必須與分手四年的男朋友聯絡，表示這件事情非同小可。當然，如果是傳教或老鼠會，就另當別論了。

萬一她真的「希望復合」，該怎麼辦？我已經有篠川小姐了——不對，她是我的嗎？目前我們根本沒有在交往，誠如澤本所說，我們處於一個「很難定論」的關係。

「……是關於工作的事。」

晶穗說。

「什麼？工作？」

「是的，我要找舊書店收購舊書。」

我垮下肩膀，對於自己的胡思亂想感到羞愧。這就是所謂的「自我感覺良好」吧。

「我想委託文現里亞古書堂收購父親留下的藏書。」

3

載著我和篠川小姐的廂型車通過御成町的小學門前。那座聳立的校門有如古裝劇中才會出現的雙開式大門。聽說很久以前，這裡是皇室使用的宅邸。

晶穗的老家就在小學附近，是一棟充滿日式風格的暗色屋瓦宅邸。與過去我送她回來時幾乎一模一樣。

將車子停進大宅內的停車位上，我們穿過大門走向玄關。篠川小姐拄著拐杖的腳步從剛才就不太穩當，要她踩著踏腳石走似乎很辛苦。

「不要緊嗎？」

「沒……沒事……」

我緩步走在她身旁，準備在她跌倒時扶住她。

好久沒見到這座有添水（註1）和石燈籠的庭園了。上次來的時候，我也曾經懷疑過高坂家應該相當富有。看看水池裡，還有鮮紅色的錦鯉在游動。

「……為什麼會找上我們店呢？」

篠川小姐看著腳下小聲地說道。

「咦？」

「這棟住宅附近也有幾間舊書店……為什麼會特地委託我們到府收購呢？」

註1：原為日本農人以竹子製成，通過水力驅動發出響聲驅趕動物的裝置。後被延伸使用在日本庭園裡，作為富有禪意的裝飾。

「聽說是死者的遺言。會不會是他曾經在我們店裡買過書？」

晶穗的父親經營縣內的連鎖餐廳，最近幾年因為生病而待在家裡療養，似乎相當固執，對於藏書該如何處理也留下了詳細的指示。

他交待等到喪禮結束，一切回歸平靜時，立刻找人到府鑑價，並且當場支付收購費用，不值錢的商品必須留下，諸如此類。看樣子他似乎不願意藏書遭到隨意處置。

至於最重要的藏書內容，我沒有仔細問過。晶穗只說有不少舊的古代小說。看來她了解得也不多。另外也聽說親戚之中沒有人懂書。

「我不認識這位客人……也許是父親經營時的顧客……」

我們來到玄關屋簷下停住腳步。感覺屋裡好像沒人在——不對，隱約可以聽見鋼琴聲。

（……晶穗在彈鋼琴嗎？）

我沒聽說她曾經學過鋼琴，不過如果她有我不知道的一面，我現在也不覺得意外了。那首美麗的曲子節奏相當優雅。

篠川小姐站在拉門前，按下外型老舊的門鈴。鋼琴演奏聲戛然停止，啪啪啪的腳步聲靠近。霧玻璃後側出現人影，拉門被打開，站在那裡的人——不是晶穗。

（咦？）

一名身穿淺褐色無花紋和服、繫著灰色腰帶，頭髮灰白的中年女性冷冷盯著我們瞧。她尖挺的鼻子和顴骨更突顯眼神的銳利。

「……兩位是？」

女性充滿魄力的低沉嗓音詢問道。真想不到這個人會彈鋼琴。雖說彈琴與長相無關。

篠川小姐向前一步，深深一鞠躬；她似乎很緊張，連脖子後側都發紅了。

「感……感謝您的愛護，我們是文現里亞古書堂的人……前來收購府上的書籍……」

態度雖然算不上伶俐，不過姑且算是很公式化的招呼用語。

「啊，是晶穗找來的人嗎？」

女性只有在說到「晶穗」兩個字時，聽起來格外不屑。不曉得她們是什麼關係，不過感情大概不算好。

「這邊請。」

她退回架高的木頭地板上催促著。篠川小姐拄著拐杖慢慢脫下鞋子，轉身走向水泥地邊緣。

「……腳受傷很辛苦吧？」

和服女士冷冷地說。這番話聽起來反而像是在催促我們動作快一點。篠川小姐和我一踏上架高的木頭地板，和服女士便帶頭走向走廊。

「書在後頭的書庫裡。」

她說話時沒有回頭。

「請……請問……我們是否方便先去替逝者上個香呢？」

篠川小姐說。和服女士轉頭瞥了我們一眼。從表情無法看出她在想什麼。

「……感謝您的貼心。那麼，這邊請。」

她打開旁邊的拉門，往裡頭走去。那裡是一間日照良好的和室。落地窗面對著庭園，可一眼望盡鯉魚池及通往大門的踏腳石。

和室壁龕處是一座尺寸驚人的大靈堂，似乎是為了讓遺體在此安置四十九天而設置。兩側裝飾的花朵幾乎埋沒住遺體與遺照。外婆過世時也曾設置靈堂，不過規模沒有這麼氣派。由此也可看出雙方的財力差距。

跪坐在靈堂前的我們依序點香，店長篠川小姐在前，我在後。在佛桌前鞠躬後，我抬頭看了遺照一眼。這是我第一次見到晶穗父親的長相。

「咦！」

我不禁大叫。遺照中是一位穿著和服的白髮男性；尖銳的顴骨很像和服女士，深邃的眼窩則像晶穗。

輪廓較記憶中溫和，不過他就是我送晶穗回來時，在庭園裡等待的那位老人。

「……五浦先生。」

篠川小姐小聲提醒我，我才回過神來，連忙上完香，起身離開。沒想到當時的老人就是晶穗的父親。我見到他當時已經六十幾歲——不，也許有七十歲了。

「家父怎麼了嗎？」

等在一旁的女士聲音刺進我耳裡。我嚥了嚥喉嚨。

「不，沒事……失禮了。」

我們離開和室，再度走向書庫。篠川小姐的拐杖聲喀喀喀地響徹走廊。我跟在她們兩人身後，邊走邊想著晶穗家裡的情況。

剛才的和服女士也稱那位老人父親，所以儘管年紀相差甚遠，她與晶穗應該是姊妹。當然是同父異母的姊妹。母親不同。

晶穗為什麼和親戚處不來？為什麼要從親戚聚會途中落跑？我似乎隱約能夠了解了。晶穗雖然提過父母分開了，卻沒有說是離婚，也沒提過他們結婚。難不成是——

「對了，有件事情希望兩位注意。」

來到走廊盡頭的門前，和服女士回過頭。門後似乎就是書庫了。

「我曾經聽家父生前和朋友在電話上談過，這裡的藏書之中有一本價值數十萬圓。我不曉得是哪一本，但如果找到的話，請務必確實報價。」

她以銳利的眼神緊盯著我們。意思是「你們別想壓低收購價格」。話中帶刺真討厭。再說，妳怎麼可以擅自偷聽父親講電話？

「是……是的……我們鑑價時會注意。」

篠川小姐深深鞠躬，聲音比以往更小。雖然還是一樣結巴，不過今天的對答還算莫名流暢。

「拜託你們了。」

再一次叮嚀後，晶穗的姊姊打開書庫門。門後是一間鋪著木質地板的寬敞西式房間。室內昏暗，陽光似乎照不到裡頭。聽說許多人為了避免書本曝曬於陽光下，會特地將書庫設置在家中向北的房間。

房間內三面牆壁都是特別訂製的書架。晶穗正從堆在地上的紙箱裡取出書籍。為了方便行動，她將頭髮紮起，身穿素色毛衣與牛仔褲。這身打扮比前幾天的洋裝更適合她。

「啊，大輔……你們已經到了呀。」

她快速站起，面向篠川小姐。不曉得為什麼這氣氛讓我如坐針氈。

先開口的是篠川小姐。

「感……感謝您這次的委託……我是……」

「篠川栞子小姐，對吧？」

晶穗像在確認似地說。

「是……是的……」

「我是高坂晶穗，大輔以前的同學……」

她說到這裡停住，定睛看著篠川小姐。被盯著瞧的篠川小姐覺得很困擾而低下頭。晶穗意有所指地對我笑了笑。

「她很可愛呢。太好了，對吧，大輔？」

為什麼這時候要把話題轉到我身上來？我一時間不曉得該做何反應。

「房間裡灰塵好多，晶穗，把窗子打開。」

和服女士皺起臉插嘴。地上已經擺著大量舊書，大概是從紙箱中拿出來的。長期收著沒動的話，一定積了不少灰塵。

「要開窗不會自己去開嗎？」

晶穗沒有看向姊姊，仍舊帶著笑臉說。

「只會抱怨，明明什麼也沒做。」

房間裡的溫度似乎瞬間下降了。我想起剛才的鋼琴。晶穗在這裡弄得一身灰塵時，那位女士正悠閒地彈著鋼琴。

「臉皮還真厚啊。父親交代處理書籍的人是妳吧？告訴父親有這家舊書店的人不也是妳嗎？」

和服女士沒有激動，只是以優雅的語氣冷冷回應。那股沉穩的模樣反而更有威嚴。

「喜歡偷聽別人說話的習慣真的很糟糕呢。」

晶穗的臉上還是保持笑容。論魄力，她也不輸對方。

「我是耳朵好。再說，妳和父親的聲音都很響亮，而且一碰面就只顧著討論……」

這時她似乎突然想起房間裡還有外人，輕輕瞥了我們一眼，板起臉說：

「不好意思，讓你們看見丟臉的場面……請別放在心上。」

我覺得很難不放在心上。

「……總之，後頭的事情交給妳了。賣書得到的現金請確實交給我。別想打馬虎眼。」

「知道了，光代姊。」

離開房間之前，「光代姊」回頭露出白牙，貌似在恐嚇。晶穗則露齒回以微笑。不曉得怎麼回事，總覺得她們兩人的表情很神似。

在令人胃痛的針鋒相對結束後，書庫裡只剩下我們三人。晶穗轉向篠川小姐低下頭說：

「讓你們見到丟臉的事情，真是抱歉。」

「不，沒那回事……」

嘴上是這麼說，但篠川小姐毫不掩飾臉上驚訝的表情。或許是沒料到來收購書籍會碰上血淋淋的家人吵架場面吧。我也沒想到她們的關係惡劣到這種地步。

「妳和姊姊……平常就是這個樣子嗎？」

「從以前就這樣了。因為……我是情婦的小孩，你忘了嗎？」

所有人默然。從大宅某處再度傳來鋼琴聲。「光代姊」再度開始彈琴了。

「……我第一次聽說。」

「咦？是嗎？」

直到剛才我才確定。現在看起來雖然若無其事，不過以前應該不是這樣。因為我們還在交往時，她甚至沒有告訴過我這件事。

「可是光代姊算是親戚之中比較親切的了，有話會直接當著我的面前說，不會在背後說閒話……錢的事情也是。」

我愣了一下。那位老先生過世後，晶穗應該也會繼承部分遺產。既然與親戚處不來，八成也會為了錢的問題爭執。

晶穗的姊姊特別交代賣書錢可別打馬虎眼，表示這些藏書或許也是遺產的一部分。

「那麼，可以委託你們鑑價嗎？」

晶穗對篠川小姐說。

「好……好的。」

「有沒有需要什麼東西？如果有的話，我去拿過來。」

「不……不用……沒有特別……」

原本望著肩背包裡頭的篠川小姐停下動作，似乎找不到某個物品。她翻了翻包包後，神色黯然地開口：

「很抱歉……那個，如果方便的話，有沒有便條紙之類的……我好像忘了放進來……」

這種事情需要沮喪成這樣嗎？晶穗微笑點點頭。

「好，我去找找。」

她踏著輕快的腳步走向走廊。走過我面前時，看了我一眼。

「工作加油囉，大輔。」

說完便喀嚓關上門。晶穗呼喚我名字的聲音彷彿仍留在書庫裡。

「大輔……」

「咦？怎……怎麼了？」

「……她這樣稱呼你呢，五浦先生。」

篠川小姐若有所思地說。一瞬間我還以為她真的叫了我的名字。

「是啊……她都是這樣叫我。」

在學校時，這樣叫我的只有晶穗。不過那也是我們開始交往之後的事。

「這樣啊……你們是高中同班同學？」

她謹慎地又確認了一次。眼鏡後側的眼睛欲言又止地仰望著我。

被識破了嗎？——我心想。哎，明眼人一看也知道吧。雖然我不想談，不過也沒必要隱瞞。

「……其實我曾經和她交往過，直到大一為止。」

說到這裡，篠川小姐的大眼睛睜得更大，比平常略有血色的臉頰也變得更紅。

「咦咦？這……這樣啊？」

聲音中充滿驚訝。怎麼看都覺得她是真的很震驚，似乎完全沒察覺。面對書時很聰明的她，對這類話題卻很遲鈍。

「對……對不起……我好像問太多了……」

「不，是我自己要說的……」

我有些後悔自己先坦白——那麼，剛才的問題是什麼意思？

「妳想知道什麼？」

「不是的，因為我以前念的是女校……我在想，男女合校的學生是不是即使是異性，也會直接以名字互相稱呼……應該，不是吧？」

她難為情地縮縮脖子。

「總覺得直接叫男人的名字，感覺真好……我過去幾乎沒有這種機會……」

「幾乎」這個字眼讓我有些在意。看樣子不是「完全」沒機會。

「篠川小姐沒有在交往的對象嗎？」

現在是問這個問題的好時機。雖說我原本希望問得更若無其事些。

「……我嗎？」

她伸出食指指向自己，似乎不了解這個問題的意思。我靜靜點頭後，她激烈搖頭，黑色長髮幾乎要形成漩渦了。

「怎……怎麼可能？我怎麼會做出那麼蠢……」

也沒必要用「蠢」字形容吧？總之大概可以確定她沒有男朋友。我稍微鬆了口氣，正想要順便問問她喜歡的類型、現在有沒有心儀的對象等等。

「哈啾！」

她突然打了個噴嚏，讓我錯失了機會。對了，結果晶穗還是沒有打開窗戶，書庫裡正飛舞著大量的細白塵埃。

「通通風吧？」

「啊，我不要緊。」

她輕輕揮手說：

「我們差不多該開工了。」

4

我依照指示把紙箱中的書全部拿出來，堆在地上。為了方便估價，書背全都朝著同一方向。大略環視書庫中收藏的書籍，我注意到大多都是藤澤周平、司馬遼太郎、池波正太郎等作家的古代小說與歷史小說。另外還有經濟、公司經營相關的商管書。除此之外的類型，幾乎沒有。

篠川小姐站在書架前從上到下確認書背，一一抽出每本書，分別堆成幾座小山。雖然還要顧及自己的腳，不過她的分類手法很熟練。

「妳是依據什麼來分類這些書呢？」

我開口問。她沒有停下手上工作，說：

「必須單冊鑑價的書、必須成套鑑價的書，以及幾乎不值錢的書……鑑價書籍數量多時，我大多會先這樣做。我相信應該還有其他做法……哎呀。」

她突然抽出其中一本書舉向我。黃色書盒上印的書名是《豬與薔薇》。作者是司馬遼太郎。

「這本很少見呢。」

司馬遼太郎這名字我聽過。曾經在電視上看過改編成連續劇的《坂上之雲》。《豬與薔薇》這本書倒是第一次聽說。

「內容是寫什麼呢？」

「推理小說。」

「推理小說？不是歷史小說？」

「那個時代正好流行社會派懸疑小說，印象中這本書是出版社要求他寫的。故事講述女主角得知男朋友意外死亡，便與擔任報社記者的朋友一起解開謎團……你看這裡。」

篠川小姐從書盒裡拿出書，翻開後面幾頁。我戰戰兢兢地看向她所指的地方，似乎是作者的後記。

……寫這本書沒什麼特殊動機，只是因為出版社說：「現在流行推理小說，你也寫一部！」我對推理小說幾乎不感興趣，也沒有這方面的才能，更沒有這方面的知識。既然叫我寫，也只好硬著頭皮寫出來。我甚至可以說自己這輩子再也不會寫推理小說了。

「……寫了很驚人的事實呢。」

在短短的文字中，居然提到兩次「是出版社要我寫的」。看樣子司馬遼太郎似乎相當不滿。

「接下來更驚人喔。」

篠川小姐像在說祕密一樣小聲說。

我不喜歡偵探小說中出現的偵探角色。為什麼有人如此執著於大肆揭發別人的祕密呢？我不了解那股熱情來自何方。我認為，那些偵探們詭異的搜索癖好，才應該當作小說的主題，甚至是精神病學的研究對象吧。

我瞠目結舌。第一次見到小說作者親自在後記裡全盤否定某個領域的作品。不曉得買下這本書的人有什麼想法？

「這本小說有趣嗎？」

「這個嘛……作品風格相當黑暗，不過不能說很拙劣……我認為人物的描寫相當出色。」

她靜靜闔上《豬與薔薇》。

「這本小說沒有列入司馬遼太郎全集之中。其他也有一些沒有被列入全集的作品，而一旦有書收錄這些作品，則每一本都具有收藏價值。」

「那麼，所謂價值數十萬的書，就是這一本嗎？」

「不是……這本書的保存狀況不佳，而且沒有書腰，頂多……」

書盒裡突然掉出一張紙片。我反射性抓住它，翻面一看，是購買證明。上面印著另一家舊書店的店名與地址章，地址在東京，書的價格是四萬圓整，價格相當高，但是還不到幾十萬。

「應該是透過郵購方式購買的吧。」

篠川小姐將《豬與薔薇》放回書盒，擺在其中一疊書堆上。那一疊似乎是「必須單冊鑑價」的書。

「這個房間裡能夠賣得高價的書很多嗎？」

我問。

「這個嘛，很難斷言能不能夠賣得高價……只能看出書主對於買書與保存方式有相當獨特的規則。」

她指著其中一個書堆。那一疊是商業禮儀、英語學習法相關的實用工具書，以及過期的經濟雜誌。

「那些是不值錢的書，我很少見到有人保存這類書，但高坂先生似乎也不是經常拿出來閱讀……大概是很排斥把書丟掉吧。我想高坂先生也許相當愛惜物品……」

「從擁有的書也能夠看出一個人的性格嗎？」

「……我相信書能夠反映出一個人的個性。有的人甚至只要看看藏書，就能夠準確預測出書主的興趣、職業、年齡……」

篠川小姐也是其中一人吧。也就是說有些人對於書有驚人的觀察力。

「請看看這裡。」

她指向還沒動手整理的書架。上面整齊擺著成排的舊書。有吉佐和子的《華岡清州之妻》、

《火焰》、井上靖的《敦煌》、《天平之甍》、《流轉》——

「有吉佐和子與井上靖的小說多半以現代為舞台，不過高坂先生的收藏裡卻連一本也沒有。他似乎只對古代小說、歷史小說感興趣。」

「可是，剛才那本《豬與薔薇》……」

「啊。那本是例外。一定是基於其他考量才會買下。」

她一邊說著，一邊從書架上拿下擺在最旁邊的《流轉》。紙質原本就不佳，不過書況更是惡劣，好像曾經弄濕過，書的上下緣、書口部分全都扭曲變形。

封底的扉頁裡挾著售價標籤，居然要價五萬圓。上面印的書店名稱與《豬與薔薇》購買證明上的一樣。

「這本是這一排書之中最罕見的一本……可是價格也高不到哪裡去。如果書況好的話，價格應該能夠更高。」

我低頭看向隨手放在一旁的《豬與薔薇》。她也說了那本書狀態不佳，所以價值不高。

「看樣子高坂先生似乎不太在意書況。」

「或者說他購買舊書時有一定的金額上限……總之，現場的書看來都在某個價位以下。」

這麼說，所謂「數十萬」的書根本不存在。也許晶穗的姊姊偷聽到的內容一點也不可靠。

「……果然很奇怪。」

篠川小姐攤開五萬圓的《流轉》，小聲說。

「什麼事很奇怪？」

「高坂先生似乎經常向東京的舊書店購書。既然如此，為什麼委託我們收購藏書呢？……照理說，如果想要好好處理藏書，一般都會選擇認識且值得信賴的書店才是。我始終猜不透他特地指定我們店的原因。」

「不是因為晶穗推薦我們店的緣故嗎？」

我對這一點也有些好奇。晶穗為什麼對父親提起文現里亞古書堂？照理說高坂先生應該不曾來過店裡。

「我想那只是個契機。對於舊書有自己一套規則的人會把自己珍藏的書賣給不認識的舊書店，實在不太自然。」

我想起那位老先生的模樣，的確不像是個會聽女兒意見來做出重大決定的人。

「這項收購委託，似乎有什麼更深層的涵義……」

此時，房門打開。

「對不起，讓你們久等了。」

進來的人是晶穗。

「我找了一下，發現家裡沒有像樣的便條紙……這個可以嗎？」

說完，她遞給篠川小姐一疊紙；那是用夾報廣告裁切而成的便條紙。外婆也會那樣做，不過我沒想到住在大房子的人也會在這種小地方節省。

（我想高坂先生也許相當愛惜物品。）

篠川小姐的話閃過我的腦際。難道——

「這個是從妳父親的房間裡拿來的嗎？」

「咦？嗯，好像是父親的習慣。他不喜歡浪費東西……你怎麼知道？」

「不……只是隨便猜猜。」

看樣子從藏書真的可以猜出書主的個性。

「謝謝。妳幫了我一個大忙。」

篠川小姐靦腆接過手工製的便條紙。

「那個，方便的話，我幫妳把外套拿去掛著吧？這裡的地上都是灰塵……大輔的也給我。」

這麼說來，篠川小姐仍穿著夾克。我則是早就把外套丟在地上了。反正不是太貴的東西，沾到灰塵等一下再拍一拍就好。

「我不用……」

「我也不用……呃，有件事情可否請教一下？」

篠川小姐的口語表達比剛才更流暢，看樣子總算進入狀況了。

「請問指定我們書店的，是令尊嗎？」

「嗯，是的。」

晶穗回答。看起來沒有什麼可疑之處。

「他留了一張便條給我，交待我處理藏書。老實說我也有些驚訝。上個月提到文現里亞古書堂時，父親還說他沒去過呢。」

「為什麼會提到我們書店啊？」

我插嘴說，晶穗有些難以啟齒地以手指搔搔眼尾。

「啊，那是……」

她偷覷著我的表情。到底怎麼回事？她面向篠川小姐繼續把話說完：

「大約一個月前，我再次回到這個久違的老家。不過我沒有打算在此久住，只是暫時回來走走而已……然後，我和父親在客廳裡閒聊時，他突然提起：『以前那個送妳回來的高大傢伙，現在怎樣咧？』」

「咦？令尊是關西人嗎？」

篠川小姐眼睛圓睜。這種事情根本不重要吧？晶穗也有些不解地點點頭說：

「是的，他在大阪出生……聽說年輕時才來到鎌倉。」

「為什麼會提到我？」

我不懂的是這一點。沒想到他居然還記得只在四年前有過一面之緣的我。

「我也不曉得，也許是想知道女兒有沒有結婚對象吧。因為我一說早就和你分手了，他馬上露出不開心的表情。」

晶穗面無表情地坦然說出我們的過去。幸好篠川小姐已經知道了——不對，與其笨拙地隱瞞，用這種方式讓她知道比較好嗎？

「所以我就把目前知道的事情告訴他，比方說，大輔現在和北鎌倉一家舊書店的店長交往，代替住院中的女朋友自己一個人掌管書店生意等等……」

「等一下！事情怎麼會扭曲成那樣？」

我連忙打斷她。篠川小姐則呆愣在原地。我們既沒有在交往，而且我也只是幫忙顧店而已。更重要的是，篠川小姐上個月已經出院了。

「我是從澤本那裡聽說的。據說是綜合各方傳言後得到的結論。」

「那個笨蛋……」

我咂舌啐道。在綜合各方傳言之前，不會先問過我嗎？

「真的很抱歉。」

我轉向篠川小姐道歉。她這才回過神來。

「不，沒關係……我才應該道歉。」

說完便向我鞠躬。雖然我不認為她需要向我道歉。

「……關於令尊……」

接著篠川小姐又回到話題上，似乎還有想要釐清的地方。

「他對於我們書店，還說了些什麼嗎？」

晶穗沉默了一會兒後搖頭。

「這個嘛……他只說了『一個人經營一家店很辛苦呢』之類的話，然後就開始裝模作樣地說教，結果我們又吵了起來。」

「吵架？」

「我們總是這樣。父親似乎不希望我在工作上吃苦，老是喜歡說：『快點找個對象結婚，進入家庭吧』……」

以現在來看，這個觀念還真是傳統——不對，他本來就是那個時代的人，有這樣的想法也是理所當然。

「……我覺得他自己還不是一樣，光是會教訓別人。最後我強調自己絕對不會辭掉工作，因為我在做喜歡的事，說完就回家了。之前也是這樣。」

她的薄唇露出苦笑。晶穗突然開始一個人住，大概也是和父親起衝突的緣故。他們的關係也許近乎決裂。

「父親年輕時在工作上也吃過很多苦，所以我能體諒他對我說教。但是只要一談起自己的經驗，他就會開始滔滔不絕。」

「令尊一直都是從事外食產業嗎？」

篠川小姐問。這麼說來，印象中高坂先生生前是在經營連鎖餐廳。

「不是，在外食產業之前，聽說他換過許多工作。曾經在橡膠工廠製作長靴、也為了準備考執照而在畫廊當過櫃台人員，還在夜總會擔任法國香頌歌手的鋼琴伴奏等……」

沒想到他如此多才多藝。我偷窺篠川小姐的側臉，好奇她為什麼要問這個問題。但我發現她的臉上毫無表情。

「謝謝。那個……很抱歉，我一直追根究柢問些怪問題。」

「沒那回事，我無所謂……反正從來沒有人問過我父親的過去。」

僅僅一瞬間，晶穗的聲音有些哽咽。她手扠著腰環視書庫，想要揮去感傷。

「不需要我幫忙嗎？我正好沒事。」

「不要緊……謝謝您的便條紙。」

我不發一語目送晶穗微笑離開房間。以前，如果我多問問她有關父母的事，她會告訴我嗎？假如我們現在仍在交往，她會告訴我對父親的回憶嗎？

有人嘆了一口氣，只是那個人不是我。

「怎麼了？」

篠川小姐沉思著，臉上難得出現嚴肅的表情。

「……總覺得我好像遺漏了什麼重要的事……」

接著她用手指抵著下巴。

「已經有這麼多線索了……但我依舊毫無頭緒。」

5

儘管那件「重要的事」已經有線索卻沒頭緒，篠川小姐仍然迅速俐落地進行著工作。

她一口氣把堆滿房間的舊書分類完畢，將寫著數字的紙條貼在值錢的書上，不值錢的書則整批放進空紙箱裡。

從開始寫紙條到計算完收購價格，才花了不到一個小時的時間。我覺得速度已經很快了，但是當事人似乎有些遺憾。

「……沒想到這麼棘手。」

原本，到府收購通常出門一趟就必須前往數戶人家家裡進行，因此相當講求速度與正確性。

篠川小姐找來晶穗，將寫著收購金額的便條紙給她過目。雖說書況不佳，但也許因為內含好幾本罕見舊書的關係，我覺得收購價格相當高。如果那本「數十萬」的書也在其中的話，可就不只這個價格了。

「價格很高呢。那麼就交給你們了。」

書主的女兒當場回應，交易成立。篠川小姐簡單說明每本書大約多少錢。她雖然不是高手，不過熟練的說明方式簡單易懂。晶穗也一邊點頭一邊聽到最後。

「不值錢的書該怎麼處理呢？」

收下收購現金的晶穗傷腦筋地說。那些書正好裝滿一大紙箱。最上面是書腰寫著「日本的好景氣將會持續到二十一世紀」的過時書，對於現在這個時代沒有絲毫用處。

「令尊怎麼說？」

「嗯，我記得他說：『文現里亞古書堂沒有帶走的書，也要全部搬離這個家』……仔細想想，看來我只好帶回家了。如果要資源回收的話，必須等到明天早上才能夠拿出去……哎，算了，反正我有車。」

「今晚在這裡過夜，等到明天早上再拿出去不行嗎？」

「只要沒什麼重要的事，我通常不會在這個家裡過夜。比起光代姊，我更不希望見到其他人……再說明天還要上班。」

「不能麻煩姊姊幫忙在收資源回收垃圾時拿出去嗎？」

「那也不太方便。」

晶穗搖頭。

「在我們家裡，誰接到父親命令，那個人就得從頭到尾負責完成……這是我們家的規矩。」

「……原來如此。」

我認為不是因為家裡規矩如此，而是晶穗自己想這麼做。畢竟這是父親交付的最後一件事。

「拿到兼營新舊書的大型書店去，請他們幫忙看看如何？」

篠川小姐說。

「他們的估價方式不同，所以在我們店看來不值錢的書，也許在那裡能夠賣錢……而且他們也願意免費回收不值錢的書。」

房間裡一片靜默。不曉得什麼時候，鋼琴演奏聲已經停止。「光代姊」大概也彈累了，不過她並沒有出現。

「說得也是，我拿去那裡試試看。」

我和篠川小姐將書分成幾十本一疊，統一好書背的方向，並用塑膠繩捆成一字型。

開始在店裡工作後我才知道，搬運舊書時，不能裝進紙箱裡，多半要用繩子綁起。如果裝進紙箱裡，必須一一打開箱子才能確認內容物。只用繩子捆起的話，一看書背就曉得書名了。塑膠繩捆成十字形的只限大開本的書籍，一般開本的書全捆成一字型。捆一字型時也有訣竅，太鬆的話，馬上就會鬆開，太緊的話，書的兩側會留下繩子痕跡。

「……那些書比較貴，碰到繩子的地方必須夾入紙片。」

篠川小姐指示道。她繼續工作的同時也仍在思考。平常只要是與書有關的謎團，她往往能夠立刻解開，難得見到她現在這副模樣。

找尋用來夾入繩子的紙片時，我看到以夾報傳單製成的便條紙，取下幾張，小心翼翼地夾進書邊，此時晶穗正好回到書庫裡來。

她穿著苔蘚綠的外套，帶著毛線帽，將收購金交給那位「光代姊」之後，似乎已經準備要回家了。

「不好意思，我先走一步了。」

「啊，好……」

原本坐在木頭踏台上的篠川小姐起身鞠躬。我姑且也有樣學樣。

「感謝您將重要的藏書讓給敝店。」

「不會，我才要謝謝你們……那麼，我就把不值錢的書帶走了。」

晶穗以爽快的口氣說完，準備拿起大紙箱，等一下拿去兼賣新舊書的書店。

「妳打算去哪一家書店？」

「手廣那邊有一家，我打算去那家。」

這麼說來，我記得曾經在手廣十字路口看到兼賣新舊書的書店廣告看板。

「妳要把那個紙箱搬到車上？」

「沒問題沒問題，我習慣粗重的工作了。」

說完，她真的輕鬆舉起那個裝滿書的箱子。

「再見，大輔。改天和澤本一起喝酒時，記得找我。」

「……好。」

我心底突然有股焦躁感，感覺自己似乎有什麼話應該對她說。同時心裡也知道無論我要說的話是什麼，都不是晶穗所要追求的東西。

「路上小心。」

「謝了……店長，我先失陪了。」

「啊，高坂小姐。」

篠川小姐叫住她。走到門外的晶穗抱著箱子轉身。

「令尊最喜歡的作家是司馬遼太郎嗎？」

「是的。」

她微笑著說：

「他曾說過司馬遼太郎就像是生意興隆的守護神……只要工作上有煩惱，他一定會拿出司馬遼太郎的書閱讀。專家對這種事情果然比較有研究。」

接著她便靜靜走開。我關上敞開的書庫門，轉身面向「專家」。

「妳怎麼知道？」

她再度坐回木頭踏台上，從舊書堆裡拿起兩本書給我看。一本是《豬與薔薇》，另一本是《街道漫步》。兩本的作者都是司馬遼太郎。

「唯獨司馬遼太郎的作品無論現代小說或散文小品都有收集，因此我想這位作家對於高坂先生來說，意義重大……」

篠川小姐將那兩本書放回書堆裡，再度開始捆書。剛才的問題也與「為什麼委託我們書店前來收購藏書」的謎題有關係吧？

正當我也蹲下身，準備繼續工作時。

「……也或許因為他們是同鄉。」

篠川小姐突然喃喃自語道。

「咦？什麼意思？」

「我是說高坂小姐的父親和司馬遼太郎。因為同鄉而對作家有親切感的例子並不少見。」

原來還在繼續剛才的話題啊——我停住拿繩子的手。

「司馬遼太郎是大阪人嗎？」

「是的。他剛出道時，在《產經新聞》的大阪總公司擔任文化組副組長。昭和三十一年（註2），憑著只花兩個晚上完成的小說《波斯幻術師》參加徵稿獲選，我記得……」

正講到有趣的地方，篠川小姐卻突然中斷話題，手指按著太陽穴，像是要把記憶擠出來。

「……果然沒錯，我一定漏掉什麼了。抱歉，其他的可以晚點再說嗎？」

「啊，好。」

現在本來就是工作時間，聊書的話題反而奇怪。

我們繼續工作。途中，篠川小姐開始負責捆書，而我則負責把書堆搬到廂型車上。在停車場與書庫之間來回了幾趟之後，成堆的舊書逐漸由書庫中消失。

過了二十分鐘左右，奇怪的事情發生了。正打算拿起包括《山田風太郎忍法全集》等在內的那疊書時，我注意到地上有張小紙片。

大概是晶穗拿來的其中一張便條紙吧，紙片背面朝上掉在地上，上頭微弱的字跡寫著：

「《葛木曾棧》」

我屏住呼吸。這個內容我有印象——就是上個月傳真到店裡來詢問是否有庫存的單子。內容寫著找尋桃源社出版的國枝史郎《完本蔦葛木曽棧》。

「妳看這個。」

我撿起傳真紙的一角遞給篠川小姐。她似乎瞬間了解了我的意思。

「……找尋這本書的客人，是不是操著關西口音？」

我點點頭。沒錯，當時傳真過來的就是晶穗的父親。

他由晶穗那裡聽說了文現里亞古書堂這家店，便透過電話簿或其他管道查詢到聯絡方法。然後，他將傳真原稿回收當作便條紙再利用。

「這樣的話，不太對勁吧……為什麼委託我們收購呢？」

當時遇上連書名都不會念的我，晶穗的父親還笑我是「大外行」。為什麼他決定讓僱用門外漢的舊書店經手重要的藏書呢？

「這一點我也很好奇……」

篠川小姐指著全部捆綁完畢的書堆。

註2：一九五六年。

「高坂先生似乎也有不少傳奇小說呢。」

書堆裡有好幾本國枝史郎的作品。從書盒上薄薄的灰塵看來，可知那些都是很早以前購買的書，包括《八嶽魔神》、《神州纐纈城》——順帶一提，這本書名我也不會念。然後旁邊是《完本蔦葛木曾棧》，與我們店裡那本完全一樣。

「……呃？」

我愈來愈混亂了。也就是說他委託我們找尋他已經有的書嗎？這到底是為了什麼？

「啊！」

篠川小姐突然大喊，聲音在房中迴盪。

「怎……怎麼了？」

「你知道高坂小姐的手機號碼嗎？現在馬上撥給她！」

蹬了踏台一腳後站起的篠川小姐，拖著行動不便的那條腿走向我。看樣子大事不妙。

「晶穗的手機嗎？號碼的話……嗯？」

我正要從口袋拿出手機，突然想到：

「……對了，我沒有問她手機號碼。」

在居酒屋裡碰面時，晶穗告訴我的聯絡電話只有這間房子的室內電話而已。她的手機號碼老早就被我刪除了。

「怎麼回事？」

「光代姊」由大開的房門走進書庫來。

「妳叫得好大聲，害我嚇了一大跳。」

我想光代姊應該不至於嚇一跳，不過耳朵好似乎是真的。

「您曉得高坂晶穗小姐的手機號碼嗎？」

篠川小姐突然變得口齒流利，開口問道。或許是覺得可疑吧，晶穗的姊姊瞇起眼睛，說：

「不曉得……我只知道她公寓房間的門牌號碼。」

「這樣啊……」

接下來該怎麼做，篠川小姐似乎瞬間就做好了決定。

「十分抱歉，請原諒我們暫時離開。剩下的書晚一點會過來拿，請保持原狀……五浦先生，我們走。」

要去哪裡？——我還來不及開口，篠川小姐已經拄著拐杖走出書庫。我以眼睛向晶穗的姊姊致意後，連忙追出去。

「……我們要去手廣的書店。」

篠川小姐對跟著走上走廊的我說：

「必須在高坂小姐賣掉那些書之前，阻止她。」

6

「我應該早點發現的。」

將廂型車駛離高坂家後，篠川小姐馬上遺憾地說。

「上個月的詢問是個測驗。」

「測驗？」

「測驗文現里亞古書堂的店員對於舊書的了解程度如何……因為你通過了那項測驗，所以高坂先生才會委託我們收購藏書。」

「咦？我對書根本一無所知啊。」

「沒錯。高坂先生需要的就是資歷尚淺的舊書店店員。這次的委託，他打一開始就計劃好讓你一個人進行到府收購。收購時間訂在喪禮一結束，也是因為高坂先生希望一切能夠在我回到書店之前處理完畢。」

這麼說來，在那通電話上，對方曾問我：「店裡只有你一個人嗎？」

晶穗不曉得篠川小姐已經回到店裡，直接把來自澤本未經查證的傳言告訴父親。當時的問題或許是為了確定經營文現里亞古書堂的真的只有我一人。

「可是他為什麼要這麼做……」

「請仔細回想他對高坂晶穗小姐要求的內容——估價必須當場進行。值錢的書讓書店收走，不值錢的書留下，但是不值錢的書也必須搬離大宅……如果確實遵守這些指示，你認為會發生什麼事？」

我握著方向盤一邊思考。廂型車此時爬上位在長谷的緩坡，穿過紅葉覆蓋的隧道。

「……晶穗就必須帶走不值錢的書了。」

她剛才說過要將裝書的紙箱帶回自己的住處。假如篠川小姐沒有提供建議的話，情況就會是如此。

「缺乏經驗的店員鑑價時，往往會出現失誤，很可能漏看不易估價的書……高坂先生的目的是希望透過這種方式將某一本特定的書送到女兒手上。」

也就是說，這是一份精心設計的禮物。

「就是那本價值數十萬的書嗎？」

「這個嘛……數十萬可能有些困難，不過狀態好的話，應該超過十萬。」

「既然如此，何必這麼麻煩？用普通方式交給晶穗不就好了？他們上個月碰面時也可以拿書啊。」

「他們兩人的對話很可能被第三者聽見。萬一父親贈送高坂小姐昂貴的珍本書一事被其他親戚知道的話……」

「啊……」

我想起那位穿著和服的女士，也就是晶穗那位自稱「耳朵很好」的同父異母姊姊。晶穗與親戚處不來，而這本書又牽扯到金錢問題，在這種情況下倒楣的就是受贈的晶穗了。

「也許還有其他原因……總之，連我也看漏了。那本書摻雜在不值錢的書中，我雖然一度察覺，但沒有想起來……看樣子我的火候還不夠。」

她緊咬嘴唇。我還是第一次看到篠川小姐露出這種不甘心的表情。原來她也有這一面。

我們乘坐的廂型車穿過單軌電車的高架橋後就快到目的地了。如果晶穗已經把書賣掉，要拿回來可就難上加難。究竟來不來得及，也只能看運氣了。

「……要找出特意隱藏起來的東西，原本就很困難吧？」

我看著前方說，腦海中想到的是外婆。我的外婆五浦絹子將絕對不能告訴其他人的祕密隱藏在《漱石全集》裡。

「與火候成熟與否無關……要解開屬於某個人的祕密，原本就不容易。」

車子裡一陣沉默。我的側臉上感覺到一股強烈的視線，斜眼看了下副駕駛座，只見篠川小姐睜大濕潤的雙眼凝視著我，似乎是我剛才那番話哪裡打動了她。雖然我說這番話並沒有什麼特別的用意。

在她的熱烈注視下，我很難靜下心來，應該說感到十分困窘。我重重咳了一聲。

「結果到底是哪一本書摻雜在裡面了？」

看見目的地書店的廣告招牌後，我放慢廂型車的速度。

「其實，那個紙箱裡……」

篠川小姐正要開口，我注意到位在與書店同側的便利商店門口，一位身穿熟悉苔綠色外套的女子正由打開的店門口走出來。她大概是進去買了飲料，正邊走邊打開寶特瓶的瓶蓋。

我們很走運，對向來車與跟在我們後面的來車車距都還很遠。我連忙打方向燈，強行開進便利商店的停車場裡，熄掉引擎，奔出車外。晶穗正要坐進那輛紅色的老舊小客車裡。

「晶穗！」

我隔著車頂大喊，她睜圓了眼，說：

「大輔……怎麼店長也來了？發生什麼事了嗎？」

「妳已經去過那家書店了嗎？」

「咦？嗯。剛剛才離開，正準備回東京。」

沒想到我們儘快趕來還是遲了一步。我無力地支著車頂。如果提早五分鐘就好了——

「嗯？」

隔著車窗，我看見副駕駛座上擺著半開的大紙箱。裡頭塞滿了舊書。

「那些書妳沒賣掉？」

「啊，那些……」

晶穗輕輕聳肩。

「我剛才有拿去店裡，不過後來還是改變心意。這些也是父親的遺物，我想暫時先擺在房間裡……」

我忍不住撫胸。難道晶穗的父親早已預料到女兒的行動，知道她不會輕易處理帶走的藏書？

「很抱歉，可以再讓我看看紙箱內的書嗎？」

從廂型車上下來的篠川小姐說。

「好是好，不過……有什麼問題嗎？」

晶穗說。

篠川小姐將紙箱卸下，擺在停車場的柏油路上，坐在汽車副駕駛座上確認紙箱的內容。

我則負責向晶穗說明事情經過，告訴她這個紙箱中安排了一本必須交給她的珍本書，我們追到這裡來是為了阻止她賣給書店。

「很難想像那個人會送給我那麼貴重的東西。」

她的表情半信半疑。

「就連上個月見面時，他也沒提到半個字……如果你們說的是真的，他不該先透露點自己的打算嗎？」

關於這一點，我也覺得不解。應該還有其他方法可以告訴晶穗那本書的真相吧？原因或許與高坂先生固執的個性有關。

「……或許有些人就是不喜歡說出自己的想法吧？」

晶穗的臉色暗了下來。

「我也是這種人吧？」

「不，我的意思不是那樣……抱歉。」

「大輔，你沒必要道歉。」

「……那個，找到了。」

聽到篠川小姐的話，我們靠近紙箱。她遞出的是一本薄薄的實用書。看得出來書主閱讀時相當寶貝這本書，不過書本身很老舊，橘色與黑色的書封已經褪色，書的四個角落也有損傷。

書名是《給上班族的名言隨筆》。副標是「幽默新論語」。作者是福田定一——一個我不曾聽過的名字。

「真的是這本書嗎？」

我有些意外。光看到書封，只會覺得這是一本專門寫給上班族閱讀的書。實在很難想像這本書值錢。

「是的，高坂先生要送給您的就是這本書。」

篠川小姐果斷地說。我代替沒打算伸出手的晶穗接下書，連忙翻開一看。正如書名「名言隨筆」所示，內容是收錄古今中外名言的輕鬆小品。關鍵的「名言」包括德川家康的遺訓，也引用了歌德著作的內容以及某些政治家發表的言論。老實說內容不太一致。

翻回開頭的序，我看到如下的內容：

對了，我的書裡加上了「上班族論語」這個副標題，不是基於打算建立昭和論語，藉此對抗孔子的理論這種可怕的想法。畢竟我只是個小小上班族，與孔子相比，可說是有如雲泥。

我心想，既然寫了這本書，作者應該沒有必要妄自菲薄，自比泥巴，不過他似乎也只是位十分普通的上班族而已。

「這本書為什麼稀奇？」

看樣子我還是不了解舊書定價的依據。

「……福田定一是司馬遼太郎的本名。」

「咦？」

我們忍不住驚呼。篠川小姐繼續說：

「這本書是在他以小說家身分出道的前一年，也就是昭和三十年發行……當時，司馬遼太郎在報社工作，因此的確是一名上班族。這部作品和《豬與薔薇》一樣，都沒有納入全集之中。」

這本單薄的實用書瞬間看來像是另一本書了。自稱是「小小上班族」的人物，在過世後仍是受到許多人喜愛的知名作家，當時的司馬遼太郎本人也沒有想到未來會變成這樣吧？

「恐怕是當時的工作無法滿足身為作家的他……儘管如此，仍有許多人讀過這本書，發行後很快就再版加印了，而且還曾以其他書名重新發行過兩次。」

篠川小姐流暢地說出與舊書有關的資訊，似乎恢復了平常的樣子。

「司馬遼太郎鮮少在作品中提到自己的成長過程，不過他曾在這本書中以散文的形式記述自己二十幾歲時的體驗。二次世界大戰剛結束，回到日本的青年福田定一待過幾家報社，吃過各種苦頭。當時的讀者大概也對他描寫的內容相當有共鳴……我想高坂小姐的父親也是其中一人。」

晶穗拿起《給上班族的名言隨筆》，仔細看著封面。

「我記得曾經見過父親拿著這本書小心翼翼閱讀的樣子。」

她望著遠方說，記憶一點一點逐漸甦醒。

「很久以前，在我剛被送到鎌倉的大宅時……我始終不敢和父親說話……父親有時會從書本裡抬起頭，但是也沒有和我說話……為什麼他要給我這本書……」

篠川小姐伸出手翻開封面，扉頁上有個很有特色的字跡寫著──「福田定一」。

「……這是簽名書嗎？」

我喃喃說。這本舊書不只珍貴，而且還有簽名。也許價值二、三十萬，或者更高。

「我也無法確認這簽名是否為真跡。不過我是第一次看到司馬遼太郎以本名簽名……暫且假設是真跡好了，如果這是他成為作家後的簽名，沒有加上筆名也很奇怪。我猜想應該是還沒有使用筆名時……至少是還沒有正式使用筆名時，受託而寫下的簽名吧。」

我想了一會兒。如果是這樣的話──

「……意思是高坂先生在司馬遼太郎出道之前就認識他了？」

「我也是這麼認為。高坂小姐說過父親曾有一段時期在畫廊擔任櫃台人員，對吧？」

聽到篠川小姐的問題，晶穗默默點頭。

「司馬遼太郎……福田定一擔任記者時，隸屬《產經新聞》的文化組，必須撰寫藝文界的動態，自然需要進出美術館、畫廊等地方。因此他們可能打過照面。」

我呆然了。事情的牽連實在太過不可思議。篠川小姐讓晶穗的手牢牢握住《給上班族的名言隨筆》。

「令尊曾說司馬遼太郎的書是『守護神』，對吧？自己的同鄉能夠從一介上班族變身成為大作家，他的著作對於飽嘗工作辛勞的令尊來說，的確就像守護神一樣。我相信他一定是希望這本書今後也能夠守護妳。」

「……他明明一直都很反對我工作……」

晶穗的聲音有些顫抖。

「我想就是因為如此，他才會更加認為妳需要守護神。」

篠川小姐把對摺的紙片放在晶穗手中。

「這個掉在紙箱中，我想原本應該是夾在書裡。」

那是一張小小的信紙。晶穗拿著書，緩緩打開信。

「給晶穗

父字」

信紙上只寫了名字，沒有內容。

「……只有這樣？」

我小聲反問，篠川小姐點點頭。紙上的字跡比起寫傳真到我們店裡來時更加虛弱，就像快斷線一樣。也許是他已經沒有力氣寫內文了。

晶穗仔細摺起那封信，夾進書裡。

「我和父親的感情一直很不好。」

她以無神的眼睛仰望無雲的秋日天空，喃喃地說：

「父親既傲慢，又嚴肅，我很難親近他……即使見面，也不曉得該如何相處才好。我們總是聊著一成不變的話題，然後演變成吵架……父親一定也不曉得該如何與我相處才好。我們父女倆還真像。」

接著，她稍微牽動嘴角微笑看向篠川小姐。

「妳知道父親費了這麼大的功夫只為了送書給我的原因嗎？」

「……不知道。」

思考了一會兒後，篠川小姐搖頭。

「他不曉得該如何開口送這本書給我……因為他總是沒辦法好好表達自己想說的話……就像這封信一樣……」

晶穗的眼睛突然溢出透明的淚珠，順著臉頰流下。

這是我第一次見到她哭。

7

篠川小姐挺直腰桿坐在廂型車的副駕駛座上，刻意體貼地不看向我們這邊。

「她不只可愛，人也很善良。」

晶穗說。站在便利商店停車場的人只剩下我和她。她說希望能和我兩人單獨聊一會兒，所以只有篠川小姐一人先回到車上。

「……明明到那個家是為了收購舊書，她卻連一句『希望您把這本書賣給我』也沒說……這本書應該很珍貴吧？」

晶穗手上是父親留給她的《給上班族的名言隨筆》。我搔搔頭，感覺無法簡單以「善良」兩個字來形容篠川小姐。

「……別看她那樣，她也經歷過很多事。」

「大輔總是會吸引到這一類的女孩，從以前就是這樣。」

「什麼意思？」

我注意到晶穗在說的是她自己。

「你還記得我們兩人開始單獨碰面時的事情嗎？就是高二的夏天。」

「咦？記得。」

我一臉困惑地點點頭。為什麼要突然提這個？

「我們當時說好要一起寫暑假作業，所以經常約在圖書館見面。澤本因為社團活動和約會而不能來，所以總是只有我和妳兩個人……」

「你果然沒發現，對吧？那是刻意安排的。」

「什麼？」

「我特別挑澤本不能來的日子約在圖書館集合。我們變成兩人單獨見面並非偶然。我想澤本也隱約察覺到了。」

晶穗淡然地繼續說道。臉上的淚痕已經乾了。

「從一年級開始，我就一直注意著你。擦肩而過時的肩膀觸碰、換位子時坐到隔壁……光是這些事情就能讓我怦然心動。我一直祈求希望有一天你能夠發現我的心意……可是你完全沒注意到。」

「這……這樣啊……」

我不曉得該說什麼。當時的確完全沒留意。現在我應該感謝她當年的愛慕，或者該為了自己沒有發現而道歉呢？

「可是，因為一件事，我改變了老是等待的態度。如果不積極行動的話，我就沒有機會了……大輔會變成其他人的。」

「一件事？發生了什麼事？」

我和大多數高中男生一樣，對男女的感情很遲鈍。除了晶穗之外，和其他女同學也不熟。

「你有個星期天把教科書忘在學校，特地回學校去拿，就在高二暑假之前。還記得回程途中發生什麼事了嗎？」

「……啊。」

我終於想到了。那次我在文現里亞古書堂前遇見篠川小姐。但是我記得那次沒有和她說話就回家了。然後，印象中隔天在學校好像曾經和澤本他們提過這件事。晶穗聽到了嗎？

「澤本他們很興奮，一直勸你再去找她主動說話。你似乎沒有勇氣這麼做，但是我當時差點斷氣……一直有股很不好的預感。如果大輔認識了那個人，也許會順利交往……所以我盡全力阻止，先以不會嚇跑你的方式接近你，慢慢培養感情，然後放出我們在交往的傳言……這些全都是我設計的。」

「咦……」

驚訝之餘，我也明瞭為什麼傳言出現時，晶穗那般不以為意了。

「後來雖然如願與你交往，但是我才注意到自己從來不曾告訴你關於我自己的個性、父母親的關係、與親戚之間的是是非非。我是個無法與人分享自己一切的人，就和我父親一樣。」

晶穗冷哼自嘲。她父親上個月打電話到店裡來時，也出現過類似的冷笑。

「結果我把你耍得團團轉，最後走向分手……我原本真的打算一輩子不再見你了喔。我無法原諒自己，甚至希望自己消失。所以，當我從澤本那裡聽說你們兩人正在交往時，我打心底鬆了一口氣。總覺得因我的任性而停下的時間，終於又動了起來。」

此時，我與抬起頭的篠川小姐對上視線。她或許是在意時間吧。我們收購的舊書還擺在高坂家，不好放太久。

「我想說的是，祝你幸福。你只要把和我交往的那一段當作是繞遠路就好。我誠心希望你能夠和喜歡的人順順利利。我要說的就是這些，先走了。」

說完自己要說的話，晶穗大步朝自己的車子走去。她的背影彷彿在阻止我開口。我只好也邁步回到廂型車旁。

有個東西正在我心底深處蠢蠢欲動。那是很久以前就錯失具體成形機會的感情。

正要打開駕駛座車門時，我回過頭。任何感情只要放著不管，都只會遠去、消失在某處。如果現在不開口，這輩子就再也沒有機會了。

「晶穗！」

正要坐進自己車裡的她抬起頭。

「我不清楚妳在想什麼……即使如此，我還是和妳交往了。」

我大聲說清楚每個字。

「不過，我喜歡過妳……真的喜歡過妳。」

晶穗呆立在原地。那一瞬間她在想什麼，我還是不清楚。最後她終於露齒微笑，以興奮的聲音說：

「……再見了，大輔。」

「嗯，再見了。」

我們互相道別，各自坐進自己的車裡。雖然說了再見，但我覺得也許不會再見面了。

目送晶穗的車子離開停車場後，我突然回神。

篠川小姐正呆然張著嘴。此刻她的臉就像用熱水汆燙過一樣滿臉通紅，連髮際線也紅通通的——仔細想想，我剛才好像一把車門打開後，就大喊了「我喜歡過妳」。

「聽到這些話……真……真抱歉。」

「啊，不，我才要道歉，讓妳聽見那些話……我和她明明已經分手了……」

感覺似乎愈描愈黑了。我們就在尷尬的氣氛下循著來時的路返回高坂家。

也許是因為我們沒有說什麼多餘的話，因此很快就把剩下的書搬運完畢。我唯一一次停下腳步是在走廊上被晶穗的姊姊叫住時。

「我不曉得你們去了哪裡，請你們儘快把書全部搬出去。」

「非常抱歉。」

我抱著三疊書鞠躬。這個動作讓我看到她手上拿的現金袋。收件人欄位上以漂亮的楷書寫著「高坂晶穗」。

「我必須在今天之內去郵局辦點事情。請你們快點搬完，我才能在郵局關門前趕上。」

「啊，好的……」

為什麼要送錢給晶穗？而且必須在今天之內？這件事雖然不是我這個外人應該詢問的，但我就是很好奇。

「你對這個很好奇吧？」

也許是我的視線太明顯了，晶穗的姊姊舉高現金袋對著我，方便讓我看到。

「這些是你們今天收購舊書付給我們的錢。等一下我要送給晶穗。剛才雖然就想要交給她，可是她硬是不肯收下……真是的，就是愛浪費我的時間。」

她露出尖銳的虎牙，啐了一聲。這是我生平頭一次看到有人咂嘴咂得這麼有氣質。

「您原本就打算把書錢給她嗎？」

「我們的生活沒有困頓到需要錙銖必較……哎，雖然家族裡可能有人會說話。」

我稍微改變了對「光代姊」的看法。還以為她和晶穗感情不好，但看樣子並非只是如此。既然她的父親個性如此，這個人大概也不擅長好好表達自己的想法吧。

「五浦大輔先生，麻煩你也告訴她，要她收下這筆錢，別再退回來了。我可不想再寄一次。」

這時我突然感到不解。這個人以為我和晶穗很親密。晶穗連這種事情都告訴她了嗎？

「您認識我嗎？」

「什麼？我當然曉得啊。」

她十分驚訝地蹙眉。

「你不是很久以前曾經送晶穗回來，還大聲報上自己的名字叫『五浦大輔』的傢伙嗎？」

說完，又補充一句：

「我的耳朵很好喔。」

話雖如此，我仍不認為自己的聲音有辦法傳到大宅後側。這個人當時一定待在能夠看見庭園的房間內吧？不曉得她是擔心站在踏腳石上的父親，或者是在等待年齡差距猶如親子的同父異母妹妹。不過這些也只有本人才知道了。

8

轉過鶴岡八幡宮前的交叉路口，來到縣道的上坡，廂型車突然減速。都怪後車廂堆滿了舊書的緣故。

我們結束到府收購，正在返回文現里亞古書堂的路上。

時值秋天的夕陽西下時分，沐浴在夕陽下的銀杏樹梢閃耀著柔和的光芒。

「回到店裡後，今天就收工了……書等到明天再整理吧……」

篠川小姐以幾乎聽不見的聲音說。這是她上車後第一次開口。我早已恢復平靜，不過看樣子她似乎還沒有，還是一樣滿臉通紅，鮮少開口。

「……大輔先生也回家去好好休息……明天會很忙。」

「好，我知道了……咦？」

回答完後，我突然感到困惑。大輔先生？看向副駕駛座，她正用雙手摀著嘴。

「對……對不起，因為高坂小姐一直叫你的名字，我好像不自覺就……跟著一起叫了……」

「沒關係，就叫我大輔吧。」

她這樣叫我，我很開心。感覺我們似乎更親近了。

「好……我就這麼叫你。」

她的反應意外乾脆。

「大輔先生……大輔先生……」

口中反覆小聲念著，像在背誦一樣。這麼說來，她稍早也說過很想叫叫看男生的名字。

「……那麼，我也可以直接叫妳栞子小姐嗎？」

我原本打算說得若無其事，其實我也不曉得聽在她耳裡會是什麼感覺。總之，她沒有回答。如果要拒絕，這樣一句話都不說，我也很困擾。

廂型車穿過防止落石的拱門，進入下坡。我戰戰兢兢地偷看她的側臉，才發現她緊鎖眉頭閉著眼睛。在生氣？不對，感覺像是在忍痛。再加上她的呼吸紊亂——

「栞子小姐？」

停在建長寺前的紅綠燈前，我出聲喊她。

「……是……」

她以細小的聲音回應，半睜開眼鏡後側的雙眼。我這才鬆了一口氣，上半身探向前，伸手摸摸她的額頭。不出所料，她的體溫相當高。

「你的手好冰……好舒服。」

她有些口齒不清的嘴邊稍微浮現微笑。情況有點不對勁。她的臉色莫名紅潤，進入書庫時也沒打算脫下外套，而且比平常花了更多時間才解開書本謎團。毫無疑問地，她的身體不舒服，而她還不斷勉強自己。

（……可惡。）

如果我早點發現就好了。

燈號變綠後，我用力踩下油門。

雖然只是一樁小事，不過我還是先告訴各位。

從這場混亂之後，我開始喊她栞子小姐。所以往後記錄文現里亞古書堂的事情時，我都改稱呼她為栞子小姐。

主屋的玄關位於文現里亞古書堂後側。我把廂型車停進停車場，從車外繞到副駕駛座打開車門。

栞子小姐以不穩當的手勢解開安全帶，拄著拐杖下車。我捏了一把冷汗看著她，拐杖底端觸碰地面的金屬套環突然一滑，栞子小姐跌向前。

「啊！」

我反射性地伸出手臂勉強在撞上地面之前接住她。滾燙的柔軟身體傳來陣陣的肌膚香氣。

「我……我不要緊……我站得起來……」

我聽見細若蚊蚋的聲音，但是等了一陣子，她還是沒有起身，似乎根本使不上力氣。

我仰望天空想了一會兒，看樣子只有一個方法了。

「妳稍微忍耐一下。」

我的手臂繞過她的雙膝後側與背部，將她抱起，直接朝著玄關快步疾走。

「……不重嗎？」

她縮起雙臂。

「不會……別擔心。」

老實說我很緊張，根本沒注意到她是輕是重。她從外套口袋拿出鑰匙打開門，家裡一片靜悄悄。看樣子和她同住的妹妹還沒從學校回來。

栞子小姐扭動身體把鞋子脫在玄關的水泥地上。我也急忙踹下鞋子。她的寢室在二樓。走過嘎吱作響的走廊，仰望陡峭的樓梯。萬一抱著她一起滾下來可就糟了。

「……可以的話，妳最好抓緊我。」

緊張讓我的聲音有些沙啞。我原本以為她會猶豫一陣子，沒想到她倒是很老實地伸出雙臂抱住我。碰觸到那對比我想像中還要豐滿的胸部雖然讓我心驚了一下，但是眼前更重要的是小心爬上樓梯。我同時感受到來自於她的體溫與心跳，只得盡量將注意力集中在腳下。

小心閃過堆積如山的書堆，我抱著栞子小姐來到二樓的寢室，將她放在窗邊的床上。她閉著眼睛痛苦喘息著。

前襟綴毛的外套釦子扣到了最上面一顆。我想還是先把外套脫下來比較好。我戰戰兢兢地伸手解開她的釦子。雖說是不得已，不過還真希望這種場面別被人撞見——

「……你在做什麼？」

背後傳來聲音，我愣了一下回頭，只見穿著深藍色西裝制服、頭綁馬尾的高中女生交抱雙臂站在走廊上。她是栞子小姐的妹妹篠川文香。

「啊，不……我們去客人家裡收購舊書，結果她好像發燒……」

我話還沒說完，文香臉色一變，連忙靈巧地閃過書堆跑到床邊來。

「啊，果然！等一下！」

看樣子她沒有誤會。文香跑出房間、奔下樓梯，回來時，手上多了冰枕、毛巾和水壺。

接著她從衣櫃裡拿出睡衣和內衣褲，一個接著一個丟到床上。我姑且不看向內衣褲。

「都說了到府收購太勉強……來，姊，嘴巴張開一下。」

文香一邊嘆氣，一邊把體溫計塞進姊姊嘴裡。最近我才知道原來篠川家負責做家事的是妹妹，所以不管她做什麼事都看起來很俐落。

「……她身體不舒服嗎？」

「嗯，原本就有點快感冒了……她卻說：『必須教五浦先生工作內容才行』。我想一方面也是因為她昨晚在做準備工作。都三更半夜了還在寫一堆筆記，比方說要如何對客人打招呼、鑑價的步驟之類的。」

「咦……」

也就是說她是為了我才勉強自己。她今天的對答格外有模有樣，原來是做足了準備。

（原來如此。）

我開始覺得自己真沒用。今天一整天發生的所有事情，無論是栞子小姐的事或是晶穗的事，我全都沒有察覺。

「哎，不過姊姊看起來很期待就是了。」

文香邊說著，邊從姊姊的手臂開始脫下外套。

「……期待？」

「嗯，就像遠足前一天的小學生一樣。」

栞子小姐要換睡衣，於是我離開房間。

屋頂的電燈照著走廊上堆積如山的書本。書本的種類似乎與我之前上來這裡時不一樣。應該說，稍微增加了。這樣繼續下去，栞子小姐的書應該真的會蔓延到樓梯最下階。

窗外的天色已經完全暗下來。今天真是漫長的一天。幸好栞子小姐的感冒沒有大礙。雖然擔心，我還是決定直接回家。

正當我無意識地環視走廊時，注意到牆邊的書堆，一個眼熟的灰色書盒就擺在最上面——是坂口三千代的《Cracra日記》。

（……咦？）

那本書之前曾擺在均一價置物車上販售，也曾經是栞子小姐的藏書，但是因為栞子小姐無法喜歡而將它賣掉了。

我忍不住拿起來確認。果然是同一本書。也就是說，她仍保有這本無法喜歡上的書嗎？

我不解偏著頭，把書放回書堆裡，突然看到書堆後側的畫布一角。畫中是以書堆為背景的白色小鳥。我記得之前看過這幅畫。

麻雀的法文是cracra。畫中的小鳥是否為麻雀不得而知，不過自從上次看到這幅畫，有件事就一直擱在我心裡——畫布的其他部分到底畫了什麼？

我認為自己只是有一點點好奇。

我伸出手抓住畫布邊緣。不曉得為什麼，腦海閃過了白天看到的司馬遼太郎的文章。

（我不喜歡偵探小說中出現的偵探角色。為什麼有人如此執著於大肆揭發別人的祕密呢？我不了解那股熱情來自何方……）

我只猶豫了一秒。我不想當偵探，而這個究竟是不是別人的祕密也不得而知。也許這幅畫沒有太深遠的涵義，只是擺在這裡而已，只偷看一眼應該沒關係吧？

我從牆壁和書堆之間抽出那幅畫擺在椅子上。畫中是一位年輕女子。背景是大量堆疊的書。白色小鳥則停在椅背上。

畫中那名一頭長髮的女子身穿白色女用襯衫與長裙，低頭看書。眼鏡收起擺放在腿上。

（栞子小姐……？）

畫中的女子看起來很像她。不曉得是誰畫的，相當出色——

（不對，等等。）

這樣太奇怪了。看似水彩的顏料褪色得相當嚴重，畫布也有點髒，至少能夠確定這不是最近幾年的作品。

湊近看看畫布角落，上面找不到畫名與作者名字。我翻過畫布確認背面，那裡有幾個潦草的鉛筆字。

1980.6.24

「咦……？」

我說不出話來了。時間距離現在正好三十年前。不可能啊。我再度端詳畫中的女子，怎麼看都覺得畫裡的模特兒就是栞子小姐。

但是，三十年前栞子小姐還沒有出生——這一定是別人。

畫中的人物到底是誰？

手拿著畫布，我呆立在原地。
耳裡聽不見任何鳥鳴聲。

第二話
福田定一《給上班族的名言隨筆》（六月社）

第三話

足塚不二雄

《UTOPIA　最後的世界大戰》（鶴書房）

1

這麼說來，我小時候不擅長摺紙。

想摺紙，紙卻會被我蹂躪，而我也經常被住附近的朋友嘲笑。也許是因為我的手比一般人還要大，手指也比較粗的關係吧。總之，可以確定的是，我很笨拙——

我一面回憶，一面在櫃台裡替舊書包上石蠟紙。這麼做是為了保護舊書免於日曬。文現里亞古書堂的舊書一律都必須包上石蠟紙。我現在正在和池波正太郎的《錯亂》（文藝春秋新社）奮戰。這本書是前幾天由高坂晶穗位在御成町的老家買來的舊書之一。

書封上有破損和泛黃，書況很糟。書本本身會隨著歲月變形，因此想要分毫不差地包上薄薄的石蠟紙並不容易。本來以為成功了，這回又變成紙張不夠大。重新包裝幾次後，總算順利完成，把書放進要上架的書堆裡。

「大輔先生，標價了嗎？」

背後傳來栞子小姐的聲音。

「啊，抱歉。」

我忘了。連忙在事先準備好的標價單背面輕輕塗上漿糊。若遇到沒有書盒的書，就用漿糊把標價單貼在書上。如果貼錯位置可就很難重來了。剝除標價單的技術不好的話，一定會在書上留下痕跡。

我再度感覺到來自背後的視線，一回頭，只見栞子小姐正從書本的陰影間探出頭來。

「怎麼了嗎？」

「有個東西想讓你看看。」

見她招手，我繞到書牆後面。這家書店的櫃台內側是由書本堆成，就像堆磚頭一樣。這堵書牆是店長回來後製造出來的。她平常總是躲在書牆後面處理網購業務。

放在L型櫃台角落的個人電腦也被書牆擋住看不見。

「我正在確認電子郵件……」

她手指著電腦螢幕上一封附加了照片的郵件，照片背景是蔚藍的大海，一對男女互相依偎；一位是戴著深色太陽眼鏡、直挺不動的中老年男子，而勾著他手臂、比著勝利手勢的則是圓臉的中年女子。

那是我們透過收購舊書而認識的坂口夫婦。

「……他們現在在哪裡？」

「信上說在石垣島。」

上個月才剛結束長期國外旅行回來，現在似乎又去了沖繩。他們兩人喜歡悠閒往來於各個島嶼，並且會像這樣，從所在地寄電子郵件給我們。

「南方的島嶼，真羨慕。」

琹子小姐不自覺看向遠方。她的反應讓我意外。

「妳對這種地方也有興趣嗎？」

「嗯……我好奇那裡有什麼樣的舊書店。那邊店裡的商品一定和我們書店不同吧。」

這個答案並不意外。她簡直打骨子裡就是個書蟲。

「……不想游泳嗎？」

「咦？為什麼要？」

說完，她大概自己也注意到了。

「我很怪吧……只顧著找書。」

「不會，找書也滿有趣的。」

「你真的這麼認為？」

「是啊。」

這姑且還算是真心話。和她一起前往某個地方，聆聽許許多多與書有關的知識也不賴。雖說這種事情不用特別跑去南方島嶼也可以。

「……這樣啊。」

她開心微笑。

自從那次到府收購後，我們之間的氣氛似乎比以前更融洽了。和我說話時，栞子小姐也不再轉開視線或結結巴巴。對她來說這是相當大的改變。

我為她的改變而高興，但是有件事情一直放在我心上。

就是之前在主屋二樓發現的那幅畫——畫中人物長相與篠川栞子極為相似。那幅畫的事情一直在我腦海中揮之不去。

那天，我手拿著那幅畫發呆，完全沒有注意到栞子小姐房間的拉門打開了。

「……那個人……」

突然有人對我說話，我嚇了一大跳。一轉頭，原來是篠川文香站在那裡，懷中抱著姊姊換下的衣服。

「是篠川智惠子……我們的媽媽。」

「媽媽……？」

我再度看向畫。髮型和服裝都與現在的栞子小姐太過相似，年紀也差不多——不對，可能要再年輕一點。

「聽說這是媽媽跟爸爸結婚之前……剛開始在這家店裡工作時，某個人幫她畫的。是誰畫的，我就不知道了。」

文香以不帶感情的聲音淡然地說。

「妳們的母親過去是這裡的店員嗎？」

「……是的。」

她點頭。

「聽說她原本是這裡的常客，在店裡工作後，就開始和爸爸交往了。」

然後結婚，生下兩個女兒——我好奇的是後半段。我清楚記得以前問起她們的母親時，栞子小姐突然僵硬的模樣。

我想應該是有什麼不便啟齒的原因，不過現在這個情況不追問下去似乎有些不自然。

「妳們的母親現在人呢？」

「不曉得……她離開了，在十年前……我想應該還活著。」

「離開……原因呢？」

文香回答得很乾脆。意思是失蹤嗎？

「這部分我就不清楚了。因為我當時還小，再說爸爸和姊姊都不想談這件事。他們兩個也許知道些什麼，但是我什麼也不知道。不過——」

她的語氣突然變得強勢。

「五浦先生如果希望和姊姊順利交往的話，千萬不要提起媽媽的事……絕對不能提。」

她一邊這麼對我說，一邊從我手中拿走畫，推進書堆後側，畫布與剛才一樣只露出白色小鳥的部分。

「一提到母親，姊姊就會露出非常悲傷的表情……」

我將套上石蠟紙的書放進書櫃裡。

明明是假日的白天，店裡卻連一位客人也沒有，儘管附近圓覺寺、明月院的樹葉差不多都已變紅，北鎌倉車站的月台也早已被人潮淹沒。

櫃台後側隱約傳來敲打鍵盤的聲音。栞子小姐似乎正在輸入網路販售的舊書資料。

結果，我對她母親的事仍舊毫不了解。

我當然沒有打算強行問出答案，不過，與晶穗交往時我完全不了解她，這一點對我來說已經成了痛苦的回憶。

說到底，原來是我迷上眼前這個人了嗎？

所以我才會如此無助。雖然想知道她心中祕密的情緒，但這份心情會不會只是基於好奇，想要揭穿她的祕密而已呢？

店外傳來汽車引擎聲。

我抬頭，正好看到玻璃門外停了一輛五門休旅車。戴眼鏡的男子從駕駛座上下來，抱著裝橘子的紙箱走近店門口。

我連忙跑向玻璃門替他開門。

「您要賣書嗎？」

男子仰頭看著我。摻雜白髮的頭髮有些稀疏，從輪廓很難判斷年齡，不過大約是三十五到四十五歲左右，給人的印象類似負責會計工作的嚴謹上班族。他身上穿著配色樸素的毛衣與牛仔褲，沒有半點特色，就算是擦身而過，也會馬上忘記這個人的長相。

「是的……麻煩你了。」

他的聲音意外響亮。我接過紙箱抱著，走向櫃台內。

「……請填寫這張單子。」

我把原子筆和收購單遞給在店內四處張望的男子。一打開紙箱，隱約撲鼻而來的，不曉得為什麼竟是食用油的舊油味。裡頭的書以實用工具書、文庫本為主，不過每本書的書背都被太陽曬到無法辨識書名，書的上緣積著灰塵，看來不像能夠賣出好價錢。

「店裡的女店員今天不在嗎？就是長頭髮、戴著眼鏡那位。」

客人邊寫著地址邊說。神奈川縣藤澤市西富，距離北鎌倉這裡約十五分鐘車程。既然認識栞子小姐，應該是以前曾經來過店裡吧。

「篠川的話……」

一轉身，正好看見栞子小姐手拄拐杖從後側現身。

「我是店長篠川……歡迎光臨。」

男性停下手上動作，上下打量著栞子小姐，彷彿在確認是否有誤。

「請問……有什麼事嗎？」

聽到栞子小姐困惑的詢問，對方才恍然回神，轉開視線。

「……不，沒什麼，真對不起。」

都已經一把年紀了還露出這種害羞的表情。一開始立刻確認栞子小姐在不在店裡這個舉動看起來實在非常可疑。我開始對眼前的男子充滿警戒，希望避免與田中敏雄當時同樣的攻擊事件再度發生。

「有件事情我想請教一下。」

男子說。

「好……好的……請說。」

「您能夠出多少錢購買足塚不二雄的《ＵＴＯＰＩＡ 最後的世界大戰》這本書？」

栞子小姐的臉色突然一變。書名我沒聽過——不過作者的名字卻似曾相識。

「……是鶴書房的版本嗎？」

栞子小姐的聲音滲出緊張。

「是的……假設是初版，書況又不錯的話……」

店長沉思了一會兒，顯然在謹慎挑選詞彙。

「沒有實際看過，我不能確定……有書封嗎？」

「我想沒有書封。」

「……我們幾乎不收購舊漫畫，建議您最好是找專賣店收購……不過我想價格大概會是以百萬圓為單位……」

「咦！」

現場驚訝的人只有我一個。收購價格百萬圓起跳的話，那麼售價到底要訂多少呢？難道會比栞子小姐擁有的太宰治《晚年》還要貴嗎？

實在很難想像舊漫畫能夠有這種天價。

「原來如此。問了這麼奇怪的問題，真是抱歉。」

男子鞠躬。我不解他臉上為何浮現開心的表情。

「您有《最後的世界大戰》嗎？」

栞子小姐問。可想而知，會提出那樣的問題，想必應該是已經擁有該書，或者是已經掌握來源了。就在我們緊張屏息等待答案時，他突然轉向玻璃門，彷彿想起什麼事。

「……車子停在正門口不太好吧？你們的停車場在哪裡？」

他問我。店門前的馬路確實狹窄，長時間停車的話會妨礙交通。

「啊，停車場在店後面。從那邊的轉角右轉，沿著馬路繼續前進，就可以看見停車場的招牌立在那邊。只要有空位都可以停車。」

「這樣啊。總之，我先去把車子停好，這段時間就麻煩你們估一下這些書的價錢……那麼，待會見。」

他轉身快步走出店外。姑且不論外表如何，這個人的個性實在詭異。而《最後的世界大戰》到底又是怎麼回事？

「……我們先估價吧。」

栞子小姐看看紙箱的內容物。哎，反正等他回來之後，也許有機會繼續談下去。我想不只是我，栞子小姐應該也是這麼想。

但是，過了好久，始終不見男子的人影。

為了謹慎起見，我前往主屋正面的停車場看看，卻沒看到那輛五門休旅車，那裡只停著我們店裡的廂型車。

那名奇妙的男子委託我們鑑價後，就突然消失了。

2

當天下午，我們把顧店工作交給栞子小姐的妹妹，開著廂型車外出。

車子的後座擺著裝書的紙箱。店長認為不能把客人的書擺著不管，所以我們決定去找出這位客人。舊書已經估價完畢，只要對方同意，我們就會買下那些舊書，如果他不同意，我們打算當場退還。

男子留下的收購單上地址只寫了一半，寫著藤澤市的西富，卻沒寫出門牌號碼，名字和電話號碼的欄位也是空白。

「暫時放在店裡不行嗎？」

我一邊開車一邊說：

「反正是對方自己要丟下不管的，我們應該沒必要特地送過去吧……」

只知道一部分地址，我們也不可能直接停在對方家門前。再說，根本不知道那名男子寫的地址是真是假。

「話是那樣沒錯……但，也許對方真的擁有《最後的世界大戰》。而且他似乎很清楚初版沒有書封……如果是這樣的話，就有把書送過去的價值。」

看來那本舊漫畫珍貴到即使不確定情報，也令人想要飛奔過去呢。

「那本書叫《最後的世界大戰》吧？真的有那麼珍貴嗎？」

「是的。正式的書名叫做《ＵＴＯＰＩＡ》，『最後的世界大戰』是出版社自行加上的標題……這部漫畫是那個作者最早的單行本，據說現存只有十本左右。直到一九八〇年首次出現在舊書市場之前，都是收藏家眼中的夢幻逸品。」

「那麼，這本書很有名囉？作者是什麼時代的人呢？」

印象中作者是「足塚不二雄」。這個名字真怪，好像是分別截取知名漫畫家們的名字組合而成一樣。

「足塚不二雄是藤子不二雄剛出道時的筆名。」

「咦……」

我說不出話來了。什麼截取，根本就是知名漫畫家本人啊。

說到藤子不二雄，當然連我也知道，甚至可以說不認識藤子不二雄的日本人還比較罕見。藤子不二雄是日本最知名的一位——不對，應該是雙人組漫畫家。這對搭檔很久以前就拆夥了，其中一人也已經過世。

小時候我也曾用零用錢買過幾本他們的作品。漫畫與文字書不同，無論多長時間我都讀得下去。我最喜歡的作品是《奇天烈大百科》，或許是它的動畫正好在我開始懂事時播映的關係。

「書是什麼時候出版的？」

「昭和二十八年……距今將近六十年前了。」

「有那麼久了啊……」

那已經是我祖父母的年代了。雖然知道這對漫畫家很早以前就很活躍，但沒想到居然是那麼久之前。

「是啊。出版時，兩位作者都還是十幾歲的少年。當時，初出茅廬的少年漫畫家在十多歲時出道很稀鬆平常……據說創意工作者的平均年齡原本就偏低。就連當時被稱為資深老手的手塚治虫也才三十歲左右。」

「『足塚』這個姓氏來自手塚治虫嗎？」

「是的。筆名的靈感來自於他們最尊敬的手塚治虫，一方面也是因為足部的位置遠低於手。再加上鶴書房找上他們出版這本單行本也是透過手塚治虫的介紹。對於剛出道的漫畫家新人來說，這是莫大的助力。」

聽著栞子小姐說話時，車子已經開上國道的緩坡。大概是假日的緣故，路上嚴重塞車。目的地就在眼前了，我們卻遲遲無法前進。可以看到馬路旁拳擊中心的選手正在練習的模樣。

「……栞子小姐，妳對以前的漫畫也很熟悉呢。」

文現里亞古書堂幾乎不經手舊漫畫，我還以為她的知識也以文字書為主。

「不……我知道的不多……」

她的聲音中攙雜著苦澀。雖然我認為光是知道這些東西，就算是對漫畫很熟悉了。

離開國道，通過寺院的大型山門後，我們的廂型車停在住宅區的巷弄裡。看過地圖後確定大概是在這附近。

「這裡的房子還真多啊。」

我環顧四周。符合條件的房子大概有數十間，而且不只有獨門獨院的房子，還有不少公寓。

「看樣子只能挨家挨戶拜訪了……」

只要找到那名男子，我們就找對地方了。當然負責出去拜訪的人是我，不是行動不便的栞子小姐。想到必須花費的時間和精力，我就覺得心情沉重。

「等一下……你先去查訪符合這些條件的房子，我想這樣會比較快。」

她說。

「……房間有大片朝西的窗子，只掛著薄窗簾……而且房間靠近廚房。我猜想他的書櫃應該擺在太陽照射得到的位置。家中有符合這些條件的房間，應該就能夠找到剛才那位客人。」

「什麼意思？」

「紙箱中每本書的書背都被曬壞了，書上緣還積了灰塵，表示應該是長時間擺在會遭強烈陽光照射的書櫃上。再加上每本書都染上了食用油味，大概是附近有油炸或炒菜的油煙……所以我猜書櫃也許放在廚房附近的房間裡。考慮到廚房沒有通風設備的話，很可能是較早期的建築。」

「……原來如此。」

我點點頭。經她這麼一說，的確如此。

「真虧妳能夠想出這麼多線索。」

「……因為我曾經去過環境類似的住家收購舊書……這些書的情況和當時那些書一樣。」

也就是經驗累積所養成的觀察力。我打開廂型車車門下車。多少覺得範圍條件縮小了不少。

我在巷子裡繞行了好一會兒，發現也許是住宅密集的關係，反而不易找到向西且日照良好的窗子。排除掉新建築物之後，剩下的選擇就沒多少了。

（嗯……？）

我來到寧靜小巷對側的兩層樓舊公寓前停下腳步。

一樓角落的房間有扇朝西的大窗戶，透過粗網目的蕾絲窗簾可看見裡頭有個書櫃。窗子旁邊裝了一條通風扇專用的排風管，表示這個房間的隔壁就是廚房。油煙產生的黑色油污甚至流到排風管外面來，看樣子很少清理。

這間房子完全符合栞子小姐所說的條件。

「……就是這裡吧？」

我小聲說。

配合栞子小姐走路的速度，我們來到公寓入口，由生鏽的大門進入院子，站在最邊間的房門前。這棟建築物究竟有幾十年了？浴室的窗格上居然還綁著木製牛奶箱。

門外掛著一塊舊門牌，上面用麥克筆寫著「須崎」。

「……人應該在家吧？」

我小聲地說。

「也許正在等著我們。」

「咦？」

「總覺得他把書留下，並提到《最後的世界大戰》等等作為，都是別有居心。」

「居心是指……什麼居心？」

「這我就不知道了……」

我開始覺得不舒服。如果門後的人有什麼企圖的話，我必須保護栞子小姐。

栞子小姐按下門鈴。感覺有人走近門口，緩緩打開門。我也準備好應付突發狀況。

站在門後的就是剛才那位戴眼鏡的中年男子。

「您是須崎先生吧？我們送來您剛才委託的書……」

名叫須崎的男子突然一陣大喜，雙手用力握住栞子小姐的兩隻手。

「……果然厲害。沒想到你們真的能夠找到這裡來。」

「咦？請問……」

男子猛然鬆開手，踩上架高的木頭地板，邀請我們入內。

「請進……我有件事情非請教你們不可。」

「請問是什麼事？」

我插嘴。看樣子他早就算準了我們會把書送來——或者應該說，他把書留下，就是為了把我們找到這裡來。尚未弄清楚他的企圖之前，我不想貿然進入屋內。

「當然是關於足塚不二雄的《最後的世界大戰》，以及……」

須崎的視線停在栞子小姐身上。

「妳母親的事。」

3

須崎領著我們來到剛才從外面看見的那間朝西和室。我注意到房中整面牆都是附有大扇門的櫃子。廚房的隔間旁有座空蕩蕩的窄書架。他帶來文現里亞古書堂的書似乎是來自這個書架。

不只是西邊有窗戶，南邊也有落地窗，透過窗戶可以看見雜草叢生的院子。這幅景色大概從以前就不曾改變。這個空間就像時間停止了一般不可思議。

我們並肩坐下。栞子小姐採側坐姿勢，將受傷的腳伸在曬壞的榻榻米上。每個角落看來都有人打掃，但是感覺不像有人住在裡面，有股搬家前的冷清感。

「這裡是我的老家……以前我和父親兩人住在這裡。」

從廚房現出身影的須崎親切地說明著，同時將擺著茶杯的端盤放在我們面前。杯子裡極普通的綠茶正冒著熱氣。

「我高中畢業獨立之後，父親一直一個人住在這裡……直到九月時因為腦中風而過世。」

「……請節哀。」

栞子小姐低頭，我也做出同樣的動作。我還無法掌握須崎想要說什麼。所謂《最後的世界大戰》與栞子小姐母親的事，究竟是什麼？

「我準備拆除這棟公寓，所以正在整理父親的遺物……有件事情我從小就一直覺得不可思議，無論如何都希望得到答案，才會對你們惡作劇。」

須崎突然挺直背脊，端正跪坐，面向栞子小姐。

「我的地址明明只寫了一半，你們是如何找到這間公寓的呢？應該不是在這附近挨家挨戶搜尋吧？」

「咦……？這個嘛……」

「請先告訴我這件事的答案……拜託妳。」

拗不過他的強烈懇求，栞子小姐於是把剛才告訴我的話再說一遍。須崎眼睛閃閃發亮，不住點頭，最後轉頭看向搬空的書架。

「……原來如此。」

他重重點頭。

「那麼，當時一定也是這樣吧，因為書的狀況也是同樣情況。」

「……您說『當時』？」

栞子小姐反問。

「事情距今三十年前了……我爸爸曾經前往文現里亞古書堂賣書，就和我所做的一樣，地址還沒寫完就把書放著回來了。可是，妳的母親卻找到這裡，把書送了回來……她為什麼能夠辦到，無論我怎麼想也想不出個所以然。」

母親一詞一出現，栞子小姐的身體立刻變得僵硬。須崎似乎沒有注意到這點。

「幾年前，我曾經去過你們店裡一次。當時妳父親自己經營那家店……好像是和妳的母親離婚了？」

「……是的。」

她以乾澀的聲音回答。我聽說的是「母親失蹤」，原來他們夫妻倆還辦了離婚手續嗎？

「妳母親現在人在哪裡？」

「……我也不清楚。」

「這樣啊……」

須崎突然嘆了口氣。

「我爸爸似乎也不明白妳的母親如何能找到我們家來。我原本以為再也沒機會得知真相而準備放棄之際……大約是十天前，我搭乘橫須賀線電車時，從北鎌倉車站看見你們書店。一位與三十年前見過面的人長相相似的女性就站在店門前……愉快地轉動著招牌。」

栞子小姐紅了臉。那應該是前往晶穗家收購舊書那天吧。我去後面開車過來時，她站在書店前面等待。原來她還轉了招牌啊。

「我一眼就看出妳是她的女兒，因此心想，也許妳也能夠以同樣的方式找到我家……真的非常抱歉。」

說完，他對著我們低頭鞠躬。簡單來說，這一切就是他想要盡可能重現當時的狀況，實驗看看是否會出現同樣的結果。

我因此知道了一件事——栞子小姐的母親與女兒一樣，對書本都擁有敏銳的觀察力。又或許應該說女兒繼承了母親的能力。

面對須崎的道歉，琹子小姐沒有什麼反應，似乎專注在其他事情上。

「……三十年前，我母親應該不是專程前來送書的吧？」

她以不帶情緒的語氣問道。與其說是提問，比較像是在確認。

「另外，您的父親原本是前來我們書店賣書，中途卻突然跑回家……是不是發生了什麼與《最後的世界大戰》有關的特殊狀況？」

這麼說來，這件事情還沒談完。須崎一瞬間睜大眼睛，嘴邊揚起微笑。

「妳果然和妳的母親很像……沒錯。真正的重點就是《最後的世界大戰》。」

他站起身，一一打開排滿一整面牆壁的櫥櫃門扉。

「……唔哇。」

我忍不住讚嘆。裡頭密密麻麻擺放的，全是藤子不二雄的單行本。《小鬼Q太郎》、《哆啦A夢》、《小超人帕門》、《怪物王子》等。即使是同一部作品似乎也有好幾種版本，而且每一本都仔細用塑膠袋包起來保存。我以前最愛的《奇天烈大百科》也羅列其中。

如果我是小學生的話，一定會很興奮。這裡對於藤子迷來說就像是個樂園。

「我和父親兩人都收集藤子不二雄的漫畫……這裡擺的是父親的收藏。」

我和琹子小姐審視著櫃子的各個角落。其中大半數都是有書封的單行本，不過擺在櫃子最底下的《快樂快樂月刊》卻格外醒目。

「……連《快樂快樂月刊》也有收藏啊。」

栞子小姐小聲問。現場沒看到其他雜誌。

「創刊時期《快樂快樂月刊》的內容是以藤子．F．不二雄的漫畫為主。作者將所有作品的刊登權都交給了該雜誌，一本《快樂快樂月刊》就能夠欣賞到包括《哆啦A夢》在內的代表作……這邊的《快樂快樂月刊》只有早期的期數，應該算是有價值的舊書。」

須崎愉快地滔滔不絕回應。

「《快樂快樂月刊》創刊號發行時，我還是小孩子。《哆啦A夢》風潮興起時，我正好是小學生，而父親則是從藤子不二雄出道之初，就是忠實的書迷。」

須崎朗聲說。可能是我們的反應讓他心情大好吧。藤子不二雄確實是幾十年來仍受到喜愛的漫畫家，因此親子兩代都支持也很正常。

「……然後，這本就是父親視為與自己的性命同等重要的書。」

須崎從櫃子後面拿出一本陳舊的單行本，外頭包裹了好幾層塑膠袋。

「啊！」

栞子小姐快速起身靠近。我還是第一次看到她行動如此迅速。

紅色封面上描繪著綠色的機器人與拿著槍的少年。

上方印著書名《ＵＴＯＰＩＡ 最後的世界大戰》。

我也忍不住向前探出身子。現在幾乎不存在的夢幻之書就在這裡，一輩子也沒幾次機會能夠像這樣親眼目睹吧。

「……可以讓我看看內容嗎？」

栞子小姐說話的語調有些高昂。

「當然。我一直很希望讓文現里亞古書堂的人看看。」

須崎小心翼翼打開塑膠袋口，把書交給栞子小姐。書口雖然有些泛黃，不過封面幾乎找不到損傷，書況之好，連我這個外行人都看得出來。

書背以明顯的顏色印著「一三〇圓」。當時的人們一定想不到這本書到了六十年後的現在，擁有上百萬圓的交易身價。

栞子小姐緩慢翻動頁面確認內容。書中鮮豔的雙面彩色印刷引人注目。翻過版權頁，來到封底內側的跨頁時，她的手停住了。

「……這是……」

那裡夾了張印著文現里亞古書堂店名的標價單，《最後的世界大戰》書名底下也標著價格——「二〇〇〇圓」。

「……這……這是我們店裡賣出的書嗎？」

而且只有兩千圓。栞子小姐拿起標價單湊近檢查。

「是母親的字跡。」

最後她苦澀地說。

「……這本書是我爸爸三十年前在文現里亞古書堂買下的。」

須崎彷彿在回溯記憶般望著遠方，娓娓道來。

「他在估價途中突然跑出店外，也是因為這本書……」

4

「現在舊漫畫的收藏家並不罕見，不過在家父年輕時，幾乎沒有人會好好保存漫畫。畢竟漫畫只是做給小孩子看的娛樂，看到快破掉時就可以丟掉了。

我想，父親收集漫畫，大概是因為他曾經想當職業漫畫家吧。聽說國高中時期，他也曾經熱衷於向雜誌投稿。最後雖然放棄了這個夢想，仍舊無法捨棄收集舊漫畫。

父親年輕時有過不少手塚治虫等漫畫家的舊漫畫，後來因為價格變貴，愈來愈難收集，於是轉而鎖定只收集最愛的藤子不二雄作品。

除了收集舊漫畫之外，他沒有其他興趣，為人嚴謹又寡言。在我六歲時，他的妻子……也就是我的母親過世，從此之後，他更是不願意與人往來……頂多偶爾與其他收藏家聯絡而已。

要說我們父子倆共同的話題，就是藤子不二雄的漫畫了。與其他禁止小孩接觸漫畫的家長不同，父親甚至樂於推薦我閱讀漫畫，不過，總之是個相當保護自己收藏的人。多虧如此，我很早就知道該如何收藏舊書。

而父親無論如何都想要得到的，就是這本《ＵＴＯＰＩＡ　最後的世界大戰》。父親小學時，曾在出版之初就買下它，而且十分喜愛，但聽說當時他的父母親發現後，書就被丟掉了……他想再買一本，卻再也找不到。

到了我小學時……也就是一九八〇年的夏天，這本書首次出現在舊書市場。東京的舊漫畫專賣店將書擺在店頭展示，報紙也有報導，因此成為書迷之間的話題。書的價位似乎是窮人負擔不起的金額，不過父親仍希望能夠親眼看看，於是興沖沖地出門，結果聽說到了店裡一看，那本書已經被人偷走了……最後他一臉落寞地回來，與出門時簡直判若兩人。

無法與憧憬已久的書重逢似乎給他帶來不小打擊，父親後來悶悶不樂了好一陣子，平常不太喝酒的他，也開始每晚喝酒。他真的很愛這本書呢。

大約過了兩個星期，某天，父親突然找我一起去兜風。我想應該是為了轉換心情。我們預定先去鎌倉的八幡宮參拜，再去橫濱吃晚餐。

途中，我們順路去了文現里亞古書堂。我們家不是很有錢，所以父親希望賣掉不需要的書，多少貼補些晚餐費。我幫忙裝箱時，稍微看了看紙箱內，沒看到什麼值錢的書。

車子一停在店門前，櫃台裡的女子便抬起頭。她有一頭長髮和白皙肌膚……當著她女兒的面這樣說實在不好意思，不過她真的是一位連小孩子都心動的美女。她開心地走向我們，說：『要賣書嗎？』

父親回答是的，她便告訴我們把車停在書店後側的停車場……在對話的過程中，我的眼睛不曾離開過她。

父親照她所說，把車停好，自己去搬那個裝書的紙箱。他雖然叫我在車上等，但是我很在意剛才的女孩子，所以也想進店裡瞧瞧。正要打開車門時，父親一臉鐵青地回來，坐進駕駛座裡。看見他把沒有包裝的《最後的世界大戰》放進座位旁邊的袋子中，我驚訝地睜大了眼睛，因為我知道那是他一直在尋找的漫畫。我問父親怎麼回事，之前那麼興奮的父親卻沒有和我說話。

恐怕是家父委託妳的母親估價時，注意到這本書擺在書架上，看看價錢只要兩千，所以連忙付了錢就跑出來，連拿去賣的書也忘得一乾二淨……我想應該是這樣。

哎，現在聽來有些難以置信，不過我想在當時會發生這種情況也很合理。那時舊漫畫的價格雖然開始飆漲了，不過價格較高的主要仍是手塚治虫早期的作品，幾乎沒有舊書店注意到藤子不二雄。再加上筆名也不一樣。畢竟《最後的世界大戰》之所以成為夢幻逸品，原因之一也是因為注意到它價值的人太少。

結果那天的兜風行程被迫取消，父親的狀態幾乎無法開車，不過我猜主要是付錢買書後，已經阮囊羞澀了。父親安慰我說：『下個星期再帶你去兜風，忍耐一點。』但我還是很失望，也對父親抱怨了好幾次。

父親大概覺得我可憐，所以回到公寓後，他把《最後的世界大戰》交給我，打算讓我先看。我依舊一肚子不滿，父親留下我便出門了。因為車子是向附近的親戚借的，必須還給他們才行。

家裡只剩下我一個人，少了可抱怨的對象，我只好開始讀起《最後的世界大戰》。我也很喜歡藤子不二雄，所以對內容也很好奇。

你們知道這部漫畫所講述的故事嗎？」

回憶過往突然間變成了提問。

「……不清楚。」

我如此回答。旁邊的栞子小姐微微點頭。看樣子她知道。須崎一瞬間露出困惑的表情，轉向我開始說明：

「故事始於一名政治犯與他年幼的兒子被送到地下碉堡的實驗台上。後來敵國投下最新武器……能夠凍結一切的氫彈，凍結了整座城市……這對父子也因此進入假死狀態。

之後，過了一百年，兒子獨自獲救並且醒來，與父親有關的記憶都被封印了。他在不知情的情況下，被帶到巨大都市烏托邦，並捲入利用機器人力量管理市民的政府與反政府人類聯盟之間的抗爭……

剛開始的畫風有些老派，不過我讀著讀著就入迷了，一方面也許是因為父親遲遲沒有回來的關係。後來聽說他只是和親戚閒聊太久……不過當時的我比較多愁善感，開始擔心自己會像漫畫中的主角一樣，與父親分開。

正當我猶豫著該不該繼續讀完《最後的世界大戰》或是出去找父親時，門鈴突然響起。打開門，我嚇一大跳。站在門外的就是剛才在文現里亞古書堂的女子……也就是妳的母親。她讓我看看地址只寫了一半的單子，問：『寫單子的是你父親嗎？』見我默默點頭，她就指指腳邊的大紙箱。她特地把父親遺忘的書送回來了。

書該如何處置必須問父親才行，於是我請她進屋裡等。她當時坐在妳現在坐的位置上，好奇地環顧房間……當時已經有這些櫃子了，她對裡頭裝了什麼很感興趣。

她希望我把櫃子打開讓她看看，我先是拒絕，後來還是打開了。雖然父親交待過不能給別人看，不過我對於父親收藏的驚人程度，多少有些自豪。

不出所料，剛開始她瞠目結舌。她似乎也是藤子不二雄的忠實書迷，開始滔滔不絕地談起架上成排的作品。不只是畫給小孩子看的知名作品，就連畫給成年人看的《劇畫毛澤東傳》、《米諾陶之盤》等漫畫也比我熟悉。

當時原以為對藤子不二雄無所不知的我，心情開始差了起來。現在想想真蠢，不過當時年紀還小，應該是想挽回名聲吧，所以我拿起讀到一半的《最後的世界大戰》，抬頭挺胸地說：

『足塚不二雄事實上是藤子不二雄的筆名，妳應該不知道吧？……這本漫畫很珍貴，我爸爸一直在找這本書。』

我知道父親在文現里亞古書堂便宜買下了這本書，所以想嚇嚇眼前的人……我想在她面前展現自己懂得很多的一面。而她似乎也的確很驚訝。

『原來如此……我不知道。』

說完，她突然像是要撲上我一樣探出上半身。我們的距離因此縮短，我像麻痺般動彈不得。

『謝謝你告訴我這麼多。』

她說出了我希望聽到的話。我只是紅著一張臉，癱坐在榻榻米上。

雖然很丟臉，我還是老實說，妳的母親是我的初戀……」

5

須崎歇一口氣，彷彿是講話講累了。栞子小姐仍舊挺直著背，紋風不動地聆聽著。那本《最後的世界大戰》就擺在她的腿上，外頭沒有包上塑膠套或書套。

「……如妳剛才所說，她原本的目的應該不只是把書送回來，也許是因為家父突然離開的可疑態度，讓她注意到這本書有什麼祕密，為了確認，所以找到我們家來，查出這本舊書很珍貴……她熱衷工作且第六感敏銳，就和現在的妳一樣。」

栞子小姐的肩膀顫了一下，就像從夢裡醒來一般，緩緩看向須崎。我完全不清楚她現在在想什麼。

「……家母，讀了這本漫畫嗎？」

「是的……她說希望當作今後的參考，所以我讓她看了。她閱讀時就像要把內容烙印在眼睛裡一樣，很專注，還開心地吹著口哨。雖然口哨聲有些分岔，吹得不是很好，不過這也是她的魅力之一。」

我忍住笑意。原來吹出奇怪口哨聲是傳承自母親的怪癖啊。不曉得栞子小姐是否沒注意到自己也有同樣習慣，所以並沒有表現出在乎的態度。

愈聽愈覺得栞子小姐的母親和她很相像。她的母親沒有畏縮不前的個性，不過與女兒一樣都是個熱衷工作的書蟲，而且對書本也都有敏銳的觀察力。她們母女倆的感情應該很好吧——避談母親的話題，也許是因為母親離家出走時發生過什麼事。

「就在這時，家父回來了。看到文現里亞古書堂的店員出現在家裡，他似乎很訝異。她說明自己送書回來的經過，表示自己對於《最後的世界大戰》有些不明白的地方想請教，接著雙手觸地行禮。

那個時代沒有網路，因此想獲得舊書相關的知識，必須一步一腳印地往來舊書店買書，或是請教了解的人，只有這些方法。父親在當時是少數幾位藤子不二雄作品收藏家之一，因此我想是很適合的請教對象。

後來，他們兩人在這個房間裡聊了好久好久。大人要談事情，還是小孩子的我自然被趕了出去……」

須崎由衷惋惜地說：

「家父似乎也被妳母親的熱情所感染……不，或許是便宜買下了《最後的世界大戰》讓他覺得愧疚，所以他將多數原本收藏的早期作品，全賣給了文現里亞古書堂。父親很少願意出售自己的收藏品。」

「他賣掉了哪些東西呢……？」

「我已經記不清楚了……應該有不少都是現在相當值錢的作品。事後看了看，發現雜誌別冊附錄的《三兄弟與真人砲彈》、《恐怖的鈾島》等，都從這個櫃子上消失了。」

「令尊也收藏大量的雜誌與別冊附錄嗎？」

「是的……當時父親的收藏品大多都是雜誌類。後來才變成以單行本為主。」

須崎站起，順手從櫃子上抽出一本單行本。那本漫畫的書名叫作《仙貝》。

「這裡的漫畫與我的收藏大多重疊。因為《最後的世界大戰》就像是家父的遺物，所以我不打算出售，不過……這個櫃子上的其他漫畫，我希望賣給文現里亞古書堂。收購價格由你們決定就好。」

「咦！」

栞子小姐的表情終於變了。須崎不好意思地笑了笑。

「就當作是兩位把書送回來的賠禮，以及三十年前貴書店賣給我們《最後的世界大戰》的謝禮。裡頭有些漫畫因為藤子．F．不二雄全集的出版而有些跌價，不過……這裡的《藤子不二雄園地》月刊初版可是全套都收齊了，也有不少《虫漫雜誌》時期的初版書。這本《仙貝》也會交給你們。你們覺得如何？」

我雖然不了解須崎所說的那些漫畫價值，不過感覺上對店裡來說是一筆相當划算的交易。

我猜想，事實上他應該是希望將那些收藏賣給栞子小姐的母親，也就是他的初戀對象吧。既然無法實現，賣給繼承母親資質的女兒也可以。

但是，最關鍵的栞子小姐卻沒有回應，一副百思不得其解的表情，拳頭擺在唇邊陷入沉思。

「……栞子小姐。」

我出聲喊她，她才回過神來。

「好……好的……謝謝您，請務必賣給我們……這些書我們暫時先帶回去，稍後再通知您收購金額，這樣可以嗎？」

「嗯，好啊……另外，可以連同你們送回來的書一起估價嗎？」

「好的……」

把書搬上廂型車的人當然是我。我記得塑膠繩和美工刀應該就擺在車上的置物箱裡。正當我起身要去拿的時候——

「感謝您讓我欣賞這本書……我學到了許多。」

栞子小姐將《最後的世界大戰》交給須崎。

「這本書的狀態，是否仍與在我們店裡購買時一樣呢？」

「我想是的。父親只是裝進塑膠袋裡而已，狀態就和三十年前一樣。」

「這樣啊……請問，三十年前您與父親拿著書到我們店裡時……是從哪裡拿紙箱的呢？」

「咦？」

面對這個太過突兀的問題，須崎一臉訝異。我默默看向栞子小姐的側臉。沒有上妝的肌膚似乎比平常更加蒼白。

「從哪裡拿出來的……我不太……等等，從壁櫥裡！壁櫥裡有好幾個裝著淘汰書的紙箱，所以我拉出了其中一個，用書架上的書補滿……怎麼了嗎？」

「不……呃，沒什麼大不了，只是有些好奇罷了……」

栞子小姐結結巴巴地含糊回答。看樣子她並不打算繼續解釋下去。

「令尊曾經提過我母親的事嗎？」

須崎眼睛看向上方，搜尋著記憶。射入窗口的夕陽將房間清楚分割為明暗兩區。已經到了差不多該開燈的時候了。

「沒有什麼特別的……我剛才也提過，父親是個沉默寡言的人。啊，不過，事隔很久之後，有一次喝酒時，他說了奇怪的話，我記得……好像是說文現里亞古書堂那位店員是什麼第三人之類的。」

原本要握住拐杖的栞子小姐，一瞬間停住手上的動作。

「……難道是『善意第三人』嗎？」

「啊啊，我想應該就是那個。那是什麼意思？」

栞子小姐只露出虛弱的微笑回應。

我們將大量舊漫畫全都搬上廂型車、離開須崎的公寓時，已經將近日暮時分。路上往來的車輛也已打開車頭燈。

原本只是把書送回來，沒想到卻花了不少時間。

「回到店裡之後，要開始鑑價嗎？」

「嗯……我希望能夠在今天之內做完。」

須崎雖然說明天再告訴他收購金額就好，但是栞子小姐似乎不打算拖延工作。也許對於工作的責任感也是遺傳自父母親吧。我一邊開車，一邊想著關於她母親的事。按照須崎的說法，她母親絕不是一位會讓人感到不愉快的人，甚至可以說只是另一位栞子小姐罷了。既然被稱為是善意的什麼什麼，應該至少不是個會做壞事、傷害他人的人。

廂型車停在紅燈前，我瞥了眼副駕駛座，栞子小姐正在把玩腿上的一張小紙片。從昏暗的車內也能夠看出紙片上寫著「二〇〇〇圓」。

那是那本《最後的世界大戰》的標價單。

「妳把那張紙拿走了？」

「我問過須崎先生了。」

她凝視著自己的手，眼中有著過去不曾見過的嚴肅。我花了點時間才明白那是憤怒。

「這張單子必須回收才行……真不敢相信她會附上這張單子……」

語尾有些顫抖。她是在說價格只打上兩千圓這件事嗎？

「反正事情已經過去了，就算定價錯誤……」

「我不是在說定價。這張單子的意義不是那樣。」

「……什麼意思？」

「我不想提到母親的事！」

她的叫聲迴盪在整輛車內。被那個聲音嚇到的人反而是她自己，不是我。就像是力氣用盡了一般，栞子小姐癱軟地靠在椅子裡。

「對不起……可是，如果告訴你的話，只會讓你留下不好的印象而已……我不想要想起關於母親的事。」

此時燈號正好變成綠燈，我踩下油門。車子通過位在大船的動物園旁邊時，隱約可聽見園內正在廣播即將關門。

「不想說的話，不用說沒關係。」

我說。

「可是，不想回憶起的事情，也就是忘不了的事情，對吧？……如果，妳想說的話……呃，我隨時都願意聽。」

「為什麼？」

她不解偏頭。這麼直接的問題，反而讓我困擾。

「該……該怎麼說……就是……我想要多了解妳一點。」

光是說出這種只會在告白場合出現的話，就讓我難為情得要命。我繼續開車，沒有看她，只聽見她低聲說：

「把車子開往沒有人的地方。」

「咦？」

「我希望在安靜的地方和你單獨談談。」

如果說這句話的是其他人，我應該會誤解成其他意思。但因為是出自栞子小姐口中，表示這話就是字面上聽到的意思。

「……海邊可以嗎？」

「好。」

過了陸橋彎過路口，沿著柏尾川旁的道路朝西南方向前進。繼續走下去，就接上沿海國道了。這個季節、這個時間，那裡應該沒有人。

「對了，我有點好奇。」

繼續沉默下去也只會讓人尷尬，於是我率先開口：

「《最後的世界大戰》後面的劇情是什麼？我只聽到失去記憶的主角被捲入什麼戰爭——」

「……政府利用機器人的力量高壓統治人民，人民組成人類聯盟與之對抗……但是在對戰過程中，機器人有了自己的意志，開始反抗人類。」

她用比平常更慢的速度，仔細說明：

「人類雖然團結應戰，卻敗給機器人壓倒性的科學能力終於瀕臨滅亡。瀕死的主角恢復記憶，走向父親長眠的地下碉堡，準備迎接死亡的到來。

這個故事的主軸雖然是機器人對人類的反抗……不過我認為也可說是失去雙親的孩子到處流浪的故事……」

我想起須崎。對於真正失去雙親的他來說，這本書應該有了更甚於過往的深刻意義。他每次閱讀《最後的世界大戰》時，一定會回憶起父親吧。

「……有個臨死前希望再見一面的親人在，真教人羨慕。」

漫長的沉默後，栞子小姐看向車窗外這麼說。

6

經過江之電的鎌倉高中車站，我把廂型車停在鐵路旁的停車場裡。

我們沉默走過馬路，走下防波堤的階梯，來到七里之濱海岸。站在與海浪等高的位置上，感覺漆黑的大海突然變得好遼闊。

夕陽已經完全西沉，小動岬那一頭可以看見燈火通明的江之島。海面上連一艘船的影子也沒有，遠處的夜晚也是風平浪靜。

走到幾乎能夠被海浪拍打到的地方，栞子小姐停下腳步。我們四周看不到半個人影。在這裡，無論說什麼都不用擔心被其他人聽見。

「……大輔先生。」

冰冷的海風吹動她的黑髮。她以沒有握拐杖的左手撥頭髮時，我發現她仍握著那張標價單。

「你認為我母親對於《最後的世界大戰》真的一無所知嗎？」

「咦……？」

我不了解這個問題的用意。

「我對於舊書的一切……包括舊漫畫在內的知識，全都來自於母親。母親說她開始在我們店裡工作之前，早已熟悉大部分的舊書。我們店裡有個藏書量不多的舊漫畫書架，也是因為母親開始收購舊漫畫的關係。實在很難想像她會用兩千圓的價格賣掉那本漫畫。」

「可是……標價上頭不是寫著兩千圓嗎？」

「追根究柢，你不覺得那張標價單很可疑嗎？明明沒有書盒，標價單卻沒有用漿糊黏在書上。」

「啊……」

這麼說來，文現里亞古書堂的習慣是沒有書盒的書，會將標價單直接貼在書上。

「會不會是買了書之後撕下來了？」

「想要不留痕跡地撕下標價單實在很困難。再說，那本書外頭也沒有包上石蠟紙……我們店裡對於舊書一定會這麼做，不是嗎？」

我點點頭。那正是我今天才剛做過的工作。

「須崎先生說，書的保存狀態與三十年前一樣，還說他的父親回到車上時，書沒有包裝……我怎麼都覺得那本書不是出自我們店裡的書架上。」

「那麼，這到底是怎麼回事？」

我愈來愈糊塗了。如果不是出自我們店裡的書架上，須崎的父親怎麼可能買到？

「如果不是出自我們店裡，那麼只有可能來自一個地方了。這本《最後的世界大戰》是混在須崎先生父親搬到店裡的書裡頭。」

「什麼？」

我的眼睛大睜。愈來愈弄不清楚到底是怎麼回事了。

「意思也就是這本書不是從我們店裡買的？」

「我認為不是。他在造訪我們書店之前就擁有這本書，卻不小心混入淘汰書的紙箱中。請仔細回想須崎先生說過的話，他沒有看到父親買下《最後的世界大戰》……只看見父親抱著那本書跑回車上。」

「可是，須崎的父親一直在找那本書，對吧？難道那也是騙人的嗎？」

「那是實話……我猜想，他得到那本書是在來我們書店的幾個星期之前……可是因為某些原因，他必須隱瞞這件事。」

栞子小姐凝視著海面。

須崎的話突然閃過我的腦海中。幾個星期前——這麼說來，最早被發現的《最後的世界大戰》原本是在東京的專賣店裡販售，須崎說父親曾經去參觀。難道他不只是去參觀，還買下那本書了嗎？不對，那件事情還有後續發展。

（結果聽說到了店裡一看，那本書已經被人偷走了……）

一股寒意隱約竄上我的背脊。

「難道……」

假設偷走《最後的世界大戰》的人就是須崎的父親——這不一定是正確答案，一切只是栞子小姐的推論。

「現在已經沒有證據證明……所以接下來我要說的事情都是我的臆測。」

說完這段開場白之後，她以平板的語調繼續說：

「須崎先生的父親前往東京參觀那本《最後的世界大戰》。從小就憧憬的夢幻逸品出現在眼前的展示櫃內，他因此一時衝動動手行竊……我想這一點還值得同情。

當然他也受到了強烈的罪惡感折磨，因此才會一臉落寞地回家，並且持續陰鬱了好幾個星期，即使喝酒還是不開心。

總之，他為了轉換心情，決定和兒子外出兜風。中途打算賣掉不需要的書，多少補貼餐費……不料，這個想法反而招致惡果。

因為那本書沒辦法與其他收藏品擺在一起，因此他大概是把偷來的書隨手藏在壁櫥的紙箱底……沒想到幫忙清理舊書的兒子卻把要賣給我們的舊書也放進那只紙箱中。須崎先生的父親沒有發現，就拿著紙箱來到文現里亞古書堂，委託我的母親鑑價。

看到母親從紙箱裡拿出《最後的世界大戰》時，他一定嚇得心臟都快停了。母親肯定知道那本漫畫的價值，也或許是聊到了那本漫畫最近才遭竊。

總而言之，慌了手腳的須崎先生父親連忙丟下其他書，抱著重要的收藏品跑出店外逃回家。反正收購單上的地址只寫了一半，他也沒有告知姓名和電話，開的車子也不是自己的……除非發生奇蹟，否則應該可以不用擔心對方知道自己的身分……」

但是，文現里亞古書堂的店員是一位擁有過人觀察力的女性，「奇蹟」當然發生了。

「只要有那些線索，對於我的母親來說，要找到住處並不困難。她恐怕連對方的職業、興趣、學歷、家庭成員等都摸得一清二楚了。」

「那種事情怎麼能觀察得出來？」

「母親的口頭禪就是：『只要看看對方擁有的書，大致上就能夠了解書主的為人。』有點類似罪犯側寫……而且準確得教人難以置信。我想應該再沒有其他人能夠做到那種地步了。」

「妳也辦不到嗎？」

「我當然辦不到。」

我驚訝於她竟然否定得如此迅速。很難想像在書本知識上還有人比栞子小姐更厲害——我甚至有些毛骨悚然了。

「原本在抵達那間公寓前，我還不確定那本《最後的世界大戰》是贓物。直到與須崎先生談過之後，我才確定。他雖然誤會了書的出處，不過談話中包含了許多重要資訊。既然身為藤子不二雄書迷的父親多年來一直在尋找《最後的世界大戰》，卻對兒子隱瞞找到這本書的地方……我想母親那句『謝謝你告訴我這麼多』是指這個意思。」

我這才發現剛才聽過的那些話，事實上都帶有完全不同的意義。假如栞子小姐的推理全部正確的話，也就是說，須崎先生是被栞子小姐母親那句充滿諷刺的謝辭所吸引，那麼真相會是多麼不堪啊。

「難道她對須崎先生的父親鞠躬，也是……」

「『對於《最後的世界大戰》有些不明白的地方想請教』這句話只是在威脅他招供。特地把須崎先生趕出屋外，兩人開始單獨談話，也是因為不希望小孩子聽到對話內容。

通知警方，或勸他自首、把書還給原來的主人，都是很好的解決辦法。然而，母親卻不是這種人。」

「……她是哪種人？」

我順口就問了這個問題。栞子小姐緊咬住沒有血色的嘴唇。

「呃，妳不想說就不要說，沒關係……」

我連忙補上這一句。她搖頭：

「沒關係……我的母親雖然相當聰明……有些時候卻天真到近乎殘忍，簡直像在玩遊戲一樣，對於背地裡的黑箱交易也不以為意。我想當時她一定也對須崎先生的父親提出了十分過分的要求。」

「……要求轉讓《最後的世界大戰》之類的？」

「她應該也有想過這點。不過以那種方式得手的書，應該很難賣掉。明知是贓物還進行買賣的話，就是違法……所以，她大概是以不舉發《最後的世界大戰》當作交換，要求他轉讓其他珍貴的收藏品。」

「咦？」

「擺在那個房間裡的收藏品，包括今天收到的這些單行本，都沒有更早之前的作品，全部都是一九八〇年以後出版的，或幾乎沒有古董書價值的東西。

須崎先生的父親似乎擁有過不少當時曾經受到矚目的初期作品……尤其是雜誌和別冊附錄。一九六〇年代之前，漫畫月刊附上漫畫別冊當作附錄算是很普遍的情況，因此如果他從藤子不二雄出道時就是書迷的話，有那些收藏品也是理所當然……母親恐怕就是要求他把那些收藏品全都割讓了。」

「……妳的意思是，免費嗎？」

「這部分我就不清楚了。總而言之，須崎先生的父親應該曾經拒絕。須崎先生不是說過父親不會輕易賣掉自己的收藏品嗎？……因此，母親寫下了這個當作說服他的王牌。」

栞子小姐把「二〇〇〇圓」的標價單拿給我看。紙片在有些增強的風中飛舞。我沉思了一會兒。

「寫下這個……所以說，這是事後才寫下的？」

「是的。須崎先生誤以為父親是在我們店裡購得那本書。母親將那個誤會延伸成謊言，提議萬一須崎先生的父親擁有被偷的《最後的世界大戰》一事被人知道，仍有辦法全身而退。而這張標價單就是脫罪時可派上用場的小道具。」

「小道具……真的有辦法能夠成功脫罪嗎？」

「大輔先生，你知道『善意第三人』是什麼意思嗎？」

「……不知道。」

從字面上看來，好像是好人的意思。

「這是法律上的用語。」

「法律用語？」

「是的。比方說，如果有人拿贓物賣給我們店。我們在不知情的情況下收購後轉賣給其他客人，基本上不違法。我們店和買下贓物的客人屬於不知道當事人特殊情況的第三者……這種立場在民法上稱為『善意第三人』。而這張標價單，就是證明我母親與須崎先生的父親是『善意第三人』的證據。」

我不解偏頭，想要在腦袋中釐清狀況，卻理不出個所以然來。

「對不起，可以再說得簡單點嗎……」

「假如這張標價單經過認定是真的，就表示把贓物《最後的世界大戰》賣給我們店的另有其人。同時，這個兩千圓的金額，也表示我母親沒注意到這本書的價值……亦即她不曉得這就是那本被偷的高價舊書，所以買下並出售。

簡單來說，我母親虛構了一位與自己及須崎先生的父親無關的假犯人。在一無所知的情況下，從犯人手中便宜買下這本書然後又賣掉，如此一來，雙方在法律上都不會被追究刑責。」

我覺得很納悶，不過姑且可以了解她的意思。因為被害人可要求損害賠償的對象，基本上只限於犯人。

「有可能那麼順利嗎？」

「不見得。即使是善意第三人，可能也有義務必須將贓物還給失主……但是，我想母親應該沒有仔細說明這些。簡單來說，她認為只要說服須崎先生的父親即可……無論如何，現在追訴期也已經過了。」

栞子小姐用左手和牙齒將那張標價單撕碎，讓碎片隨風飛向黑夜的大海中。紙片被白色碎浪吞沒，一眨眼就看不見了。

「你了解我的母親是什麼樣的人了吧？她很了解舊書、很聰明又莫名其妙……十年前失蹤後，完全沒有聯絡。」

突然觸及核心話題，我重重吐口氣，想要平撫自己的緊張。

「……沒有留下紙條或什麼的嗎？」

「我想沒有……她只留了一本書給我。」

栞子小姐無力地笑了笑。

「書？」

「我想你也知道……就是坂口三千代的《Cracra日記》。」

我曾經在她房裡看過那本書。記得那本書是坂口安吾過世後，他妻子所寫的散文集。後來那些《Cracra日記》全被拿去均一價置物車上出清了。

「妳把那本書拿去均一價置物車上賣掉了？」

「沒有，那些不是母親留給我的那一本……母親從前經常送書給我，也喜歡藉由書本表達自己的心情。我看到留給我的《Cracra日記》時，立刻就明白母親做了什麼。」

「……她做了什麼？」

我覺得她似乎希望我問。

「應該是有其他喜歡的人了。《Cracra日記》中有一段內容描述作者把年幼的女兒拋棄在家中，去找安吾。」

海邊瀰漫著濃重的沉默。我終於稍微了解過去她說無法喜歡《Cracra日記》的原因。

「你認為我剛才為什麼沒有直接把真相告訴須崎先生？」

栞子小姐再度凝視黑暗的海面。這一夜多雲無星，沒有任何光線照亮海面。

「一方面是事到如今也沒有證據……再說，妳也不希望破壞他的回憶，應該是這樣吧？」

我想了一會兒後開口說出答案。父親就是偷走珍貴舊書的犯人，而且初戀對象還利用這一點收購了其他舊書——這世界上有人會想知道這種「真相」嗎？

「這也是部分原因，不過最主要還有其他的……」

栞子小姐一瞬間噤口不言。我知道她正緊咬著牙關，因為她臉上是快要哭出來的表情。

「因為我想到，如果把真相告訴他的話，他就不會把舊漫畫賣給我了……結果我和母親三十年前的行為也沒有多大差別。母親受到《最後的世界大戰》誘惑而造訪公寓，以便宜的價格將其他舊漫畫帶回店裡……我真的沒有資格責備母親。須崎先生說對了，我和母親好像……」

變冷的風從陸地吹向海上。她縮起纖細的身體。我幾乎是無意識地想將手臂環上她微微顫抖的肩膀。

「……我打算一輩子都不結婚。」

結果這太過突然的宣言，讓我停下了動作。她剛才說了什麼？

「即使和某個人結婚，共組幸福家庭，總有一天我也可能和母親一樣拋棄家人……我無法保證自己不會那樣做。」

我了解這個人或許沒有把我當異性看待，卻又莫名感覺這番話像是在繞圈子拒絕我。很難想像這個與眾不同卻很認真的栞子小姐與人交往時，不會以結婚為前提。

「大輔先生，我們差不多該回去了。」

她的聲音已經恢復以往。她拄著拐杖一點一點改變身體方向，朝階梯邁步走去。

「謝謝你聽我說話……我，稍微釋懷了。」

我的心情則是沉重到與釋懷八竿子打不著關係。總之，我走在她身後。

「《最後的世界大戰》結局是什麼？」

我朝披著一頭黑長髮的背影問道。這種場合能夠開口說的事情，我只能想到這個。

「……主角抵達地下碉堡，抱著動也不動的父親，發誓再也不分開……但是，一部機器人侵入了地下碉堡，準備殺掉主角。」

栞子小姐看著腳下，像在配合自己的步調，緩緩說明。

「結果，這次換成父親醒來，擊倒了機器人。另一方面，想要壓制地面世界的機器人也因為放射線的影響造成電子腦失控，開始互相攻擊，最後全數毀滅。故事結束在重逢的父子兩人站在戰爭結束的地面上。」

「……真是個好結局。」

我說出最直接的感想。

一會兒過後，栞子小姐才嘆息說：

「或許……是吧。」

終章

坂口三千代《Cracra日記》（文藝春秋）‧Ⅱ

店門前的馬路上有著不曉得從何處飛來的醒目枯葉。雖然每週都會打掃一次，不過看樣子或許暫時還是每天打掃比較好。

我把均一價置物車和招牌收回店裡，把「營業中」的牌子轉到「準備中」。某處傳來烏鴉的叫聲。

現在是文現里亞古書堂的打烊時間。回到店內，栞子小姐正好將現金收進夾鍊袋中。

「我把錢放進保險箱。你幫忙關燈吧。」

她俐落地下達指示，走進主屋。一打開門，裡頭隱約傳來咖哩的香氣。那是篠川家今天的晚餐吧。

剩下我一個人的店裡感覺突然變得好大。明明夏天自己顧店時，也不覺得怎麼樣。

前往藤澤收購舊漫畫已經過了兩週。栞子小姐似乎終於恢復精神了。

收購回來的書，一部分在網路上販售，剩下的則拿去舊書業者交易的舊書市場。或許是因為其中有許多高人氣單行本的關係，不少舊書店參與喊價，最後由神田神保町的老店得標。那些書現在或許已經成為另一位藤子不二雄書迷房間裡的收藏品了。

我關掉櫃台以外的所有照明，也拔掉展示櫃的日光燈電線。這時栞子小姐回來了。沒有拐杖的手中提著一只大紙袋，手上拿著還冒著熱氣的馬克杯。她的手臂因為那些沉重的東西而微幅顫抖著。

「那個……可以幫我拿著嗎？」

「啊，好。」

我聽話接過馬克杯和紙袋，擺在櫃台上。紙袋中塞滿了精裝書。馬克杯中似乎是即溶咖啡。

「這些書明天早上請拿到均一價置物車上……咖啡，如果不嫌棄的話請用。今天也辛苦你了。」

「謝謝。」

我喝下一口大馬克杯中的咖啡。栞子小姐微笑看著我。一個人喝，總覺得有些奇怪。

「有需要的話，屋裡有牛奶和糖……還是黑咖啡就好？」

「嗯。」

我點頭。其實哪一種都無所謂。

「妳的呢？」

「啊。」

她伸手遮住嘴巴。看樣子不是不想喝，只是忘了泡而已。

「我也去泡我的咖啡。你稍微等我一下。」

「不，那個……」

她正興沖沖地準備走進主屋，我叫住她。等她來回太花時間了。

「不介意我喝過的話，我們一起喝吧？這杯還滿多的。」

她稍微想了一下，點點頭。

「不好意思……那我就不客氣了。」

我們把杯子放在櫃台一角，輪流喝著杯中的咖啡。最近我們偶爾會像這樣，在工作結束時喝杯飲料。

「啊，對了。你今天如果方便的話，要不要和我們一起吃晚餐？」

她突然想到，說：

「我妹妹現在正在後面煮咖哩，不過兩個人每次都吃不完。」

「咦？可以嗎？」

在這裡工作三個多月，這還是她第一次提出這種要求。

「如果你可以接受雞肉咖哩的話……」

「好……我家也都是煮雞肉咖哩。」

「啊，我家也是。不過在外頭吃飯時也會吃其他的咖哩。」

經過前陣子在七里之濱海邊的那段談話之後，我感覺與栞子小姐更接近了。也許是因為她告訴了我許多關於母親的事情吧——順便連她一輩子都不打算結婚這個決定也告訴我了……

我們有一句沒一句地閒聊著，我順手拿出紙袋中的書，擺在櫃台上。按慣例，這些應該是從她房間裡拿出來的書。

（……嗯？）

裡頭夾雜幾本書背看來很眼熟的書，是坂口三千代的《Cracra日記》，而且有三本。之前應該已經賣掉五、六本了啊。栞子小姐正在折空紙袋。我看向她的眼睛。

「妳還有其他《Cracra日記》嗎？」

「我買的。」

「買的？」

我反問。她不是說不喜歡失蹤母親留下的這本書嗎？

「為什麼要買？」

「……祕密。」

栞子小姐漂亮的嘴唇揚起微笑。不，或許是苦笑。我又喝了一口咖啡。感覺繼續問下去也是枉然。

（不過……）

最近，我認真想過。

假如想要進一步深入了解某個人，即使所作所為都是枉然也無所謂。如果什麼也不做，只是守在身邊，恐怕會連現有的關係都失去。這種經驗我已經有過一次。

我靜靜放下馬克杯。

「我可以猜猜看嗎？」

原本正要喝咖啡的栞子小姐眨了眨眼鏡後側的眼睛。我隱約想到，也許不這麼說比較好，不過說出口的話現在也來不及收回來了。

「……你只要猜嗎？」

她不解偏頭。

「什麼意思？」

「那個……我的意思是，這種情況下，不是應該有猜中的獎勵、猜錯的懲罰之類的……」

看樣子她並不討厭我主動說要猜謎。只是我沒想到她會提議要給我獎勵。

「啊，那麼就……有了……」

我有些慌了手腳。怎麼可能臨時想出對我有好處的「獎勵」？

「……下次休假，要不要去哪裡走走？我們可以開車去妳喜歡的地方繞繞。」

我的提議動機很明顯，任何人只要一聽到都會覺得這是約會。不過目前還不曉得我們的打賭是否成立——

「好。就這麼辦。」

她居然乾脆地接受條件，我反而嚇了一跳。

「真的可以嗎？」

「是的，我才要謝謝你。自從受傷後，我正傷腦筋沒有辦法去其他舊書店……去哪一家店都可以，對吧？」

不如說她的語氣很雀躍，看樣子似乎已經確定目的地只限舊書店了。她絲毫沒有懷疑這是約會的樣子。

算了，這樣也好。我輕咳一聲清清喉嚨。

「……可以問問題嗎？」

我手指著太陽穴發問。其實我大概曉得答案了，只是有幾個地方想要確認一下。

「只要是我能夠回答的範圍。」

「妳母親留下的書，現在怎麼了？」

「……處理掉了。」

「上面有寫給妳的留言嗎？」

她瞬間睜大眼睛，似乎發現我已經很靠近真相了。

「……不知道。」

「不知道？」

「問題到此為止。」

栞子小姐惡作劇般笑了笑。原本那麼討厭提起母親的她，現在看起來卻比平常更有精神。看樣子即使解謎的人不是自己，只要是與書有關的謎題，她也很感興趣。

哎，關於這一點，或許我也一樣吧。

「有答案了嗎？」

我試著在腦中整理目前為止獲得的資訊，大致上已經能夠鎖定答案了。與其說是推理，其實比較像是去了解篠川栞子這個人。

「妳說母親留下的《Cracra日記》已經處理掉了，對吧？」

「是的。」

「可是妳沒有說已經丟掉了。」

我繼續說。接下來才是重點。

「該不會是混入要賣到舊書市場的書裡了？而且把書送去市場的人，正是當時還在經營書店的妳父親。所以妳才會不曉得書流入哪一家舊書店了……」

栞子小姐不發一語專注聆聽。看來到目前為止還沒有出錯。

「妳一直在找那本書，心想，也許是賣到哪一家舊書店去了……這邊這些是從網路上買來的舊書。每次只要看到可疑的《Cracra日記》，妳就會買下、確認內容，發現不是那一本，就放上均一價置物車出售……所以妳有這麼多本一樣的書。」

咖啡已經不再冒出熱氣。栞子小姐喝了一口咖啡，停頓了一下之後，說：

「……你認為我為什麼要找回曾經放手的書呢？」

「妳剛才已經回答了，因為『不知道上面是否有留言』。妳看到母親的書時，以為自己知道母親想要藉著書表達什麼心情……因此看也沒看就處理掉了。

但是，妳大概是後來才想到的吧，也許那本書中寫了什麼給自己的內容。妳的行為就是為了確認這一點。」

店裡一片寧靜。我默默等待栞子小姐的回答。

她說過母親和自己很相似。儘管如此，自己也不見得完全了解母親的想法，因此她希望找回母親留下的那本書，親眼確認看看。

「……橫濱那裡有一家舊書店，我之前一直很想去。」

她沒有看向我，自顧自地說：

「下次休假時，請帶我一起去。」

後記

上一集的後記中我也曾經提過，這本小說選擇北鎌倉為舞台是因為氣氛適合，以及那是我熟悉的地方。

我曾在北鎌倉某縣立高中就讀三年。那所學校可以由大船車站搭乘巴士前往，或是從北鎌倉車站爬上陡坡，穿過山坡上的住宅區後，就會看見水泥校舍——我想，這樣一寫應該就有人知道了，主角大輔就讀的高中正是以我的母校為藍本。

也許是這所學校位在台地上的關係，景色絕倫，晴天還能夠看到海。

上一集出版後收到許多感想，我很開心，但也有人精準指出主角的母校，讓我嚇了一大跳。這些讀者簡直就像也是從那所高中畢業的一樣，是我的學弟妹或學長姊吧。對於念過那所學校的人來說，快要遲到時在山路上奔跑的辛苦，一定是想忘也忘不掉的回憶。

這個故事中，有些部分是真實存在，有些則是虛構。書中提到的舊書全都實際存在，這一點在上一集的後記中也已經提過。另外，書中使用的鎌倉附近地名也是真實存在。

至於主角們出入的機構、店鋪等，有些有參考的藍本，有些則否。主角的母校就是一例，不過熟悉這塊地區的讀者似乎發現那裡是哪裡了。

但是，與登場人物相關的部分則是完全虛構的，這些人並非真實存在。這一點，我自己特別能夠明確地區隔真實與虛構。

和上一集一樣，書中有許多必須查資料的內容，十分感謝鎌倉市公文堂書店的人員，以及協助收集資料的各位。

最後也要對讀者們聊表謝意。故事終於進入主線。如果各位能夠繼續支持下一集，將是我的榮幸。

三上延

參考文獻（省略敬稱）

坂口三千代《Cracra日記》（文藝春秋）

安東尼．伯吉斯《發條橘子》（早川文庫NV）

安東尼．伯吉斯《安東尼．伯吉斯選集2．發條橘子》（早川書房）

安東尼．伯吉斯《發條橘子　完整版》（早川epi文庫）

Anthony Burgess《A Clockwork Orange》（W. W. Norton & Company）

國枝史郎《完本　蔦葛木曾棧》（桃源社）

福田定一《給上班族的名言隨筆　幽默新論語》（六月社）

福田定一《給上班族的金言》（六月社）

司馬遼太郎《豬與薔薇》（東方社）

司馬遼太郎《司馬遼太郎全集》（文藝春秋）

產經新聞社編《新聞記者　司馬遼太郎》（扶桑社）

半藤一利、山折哲雄等《司馬遼太郎行腳》（PRESIDENT出版社）

藤子．F．不二雄、藤子不二雄Ⓐ《UTOPIA　最後的世界大戰》（小學館Creative）

藤子不二雄Ⓐ、藤子・F・不二雄《老是畫著少年漫畫的兩人》（日本圖書中心）
藤子・F・不二雄《米拉・庫魯・1　宇宙恐龍波可／宇宙狗托比》（小學館）
藤子・F・不二雄大全集編輯部編《F森林大冒險》（小學館）
MANDARAKE出版部編《MANDARAKE ZENBU 50》（MANDARAKE出版）
古川益三《MANDARAKE風雲錄　追求夢幻漫畫……》（太田出版）

輕文學 Light Literature

© HITOMA IRUMA 2011

時光旅行的終點，是心痛到難以接受的真相，

撼動人心、出乎意料，《昨日也曾愛著他》完結篇！

明日仍將戀上他

入間人間／著　許金玉／譯

自「改變的過去」回到現代後，等待著我的是尼亞的消失；和我——原本不能行走的雙腳恢復了正常。島上的居民對我行走的身影習以為常，無人為此感到驚訝。在這個理所當然的「現在」，尼亞早已死去，這個滲透至每個角落的常識折磨著我，逐漸將我侵蝕。我下定決心，一定要奪回我與他曾經一同存在的世界。絕對。

定價：NT$220/HK$60

國家圖書館出版品預行編目資料

古書堂事件手帖 . 2, 栞子與她的謎樣日常 /
三上 延作 ; 黃薇嬪譯 .
-- 初版 . -- 臺北市 : 臺灣國際角川 ,2013.01
面 ;　公分 . --（角川輕 . 文學）

譯自 : ビブリア古書堂の事件手帖 . 2,
～栞子さんと謎めく日常～
ISBN 978-986-325-017-3(平裝)

861.57　　101019255

輕文學
Light Literature

古書堂事件手帖 2 ～栞子與她的謎樣日常～

原著名＊ビブリア古書堂の事件手帖 2 ～栞子さんと謎めく日常～

作　　者＊三上 延
插　　畫＊越島はぐ
譯　　者＊黃薇嬪

2013 年 1 月 30 日　初版第 1 刷發行
2020 年 1 月 8 日　初版第 8 刷發行

發 行 人＊岩崎剛人
總 經 理＊楊淑媄
資深總監＊許嘉鴻
總 編 輯＊呂慧君
主　　編＊李維莉
設計指導＊陳晞叡
印　　務＊李明修（主任）、張加恩（主任）、張凱棋

台灣角川

發 行 所＊台灣角川股份有限公司
地　　址＊105 台北市光復北路 11 巷 44 號 5 樓
電　　話＊（02）2747-2433
傳　　真＊（02）2747-2558
網　　址＊http://www.kadokawa.com.tw
劃撥帳戶＊台灣角川股份有限公司
劃撥帳號＊19487412
法律顧問＊有澤法律事務所
製　　版＊尚騰印刷事業有限公司
I S B N＊978-986-325-017-3